horizonte blanco

una historia de canto de barro viejo

MELINA LEIVA

Horizonte blanco / Cordillerana Ediciones - 1a ed . - Rivadavia:
Andrea Melina Leiva Pennesi, 2018.

208 p. ; 23 x 15 cm.

ISBN 978-987-778-305-6

1. Narrativa Juvenil Argentina. 2. Novelas Fantásticas. I. Título.

CDD 863.9283

"La literatura tiene mucho más que ver con inventar un mundo, que con contar una historia. Un mundo con muchas capas, básicamente hecho de lenguaje. Esa es la cuestión."

Alan Pauls

§

Contar una historia como esta no es tarea sencilla, la simple idea de embarcarme en un viaje de tal envergadura ha provocado que pasara muchas lunas dando vueltas y vueltas en la cama, pensando e ingresando en desvelos interminables sobre si se ha de contar lo que no puede ser contado.

Pero también es tan cierto, como la tierra misma que mis pies aprisionan, que todos los nombres ya han sido olvidados, todos los ojos que fueron testigos de la Gran Historia están ahora durmiendo el gran sueño. Sólo quedo yo, la última recordadora de historias, y ya mis ojos se encuentran arrugados, estoy cerca del cansancio y creo que no queda mucho para que yo misma ingrese también en el gran sueño.

Después de muchos soles he llegado a comprender que el miedo que he ido alimentando ha cambiado por completo a través de los años. Antes, cuando me fue encomendada esta tarea, temía que las historias que resguardo llegaran a manos del enemigo, a manos de los que solo buscan juntar el frío; hoy con los años sobre mi espalda, temo, por el contrario, que los valientes nunca puedan alcanzar estas historias y convertirlas en magia, como lo he hecho yo misma a lo largo de la vida. Por esto y por muchas cosas más que iré develando en la medida que la lengua, tantos años decidida a enmudecer, vaya bailando su zamba... he decidido, por fin, cantar sobre mis días en la ciudad de Horizonte Blanco.

§

uno

Era el año del agua otra vez, mi madre y yo viajábamos a pie a través de La Gran Llanura. Era mi segundo viaje, al final de cada año del agua emprendíamos el trayecto, mi madre y yo.

El hambre de los cultivos se había llevado a mis tres hermanos menores, mi hermano mayor y mi padre habían muerto en las luchas del ocaso, y mi hermana, cinco cosechas mayor que yo, ya había partido de la casa materna y tenía la suya propia. Por lo tanto, la última siembra y cosecha en nuestra casa, había sido una comunión entre las manos de mi madre y las mías.

Me gustaba el viaje, ver la llanura interminable extenderse y fundirse con los atardeceres, descubrir cómo la tierra cambiaba su ánimo y donde había sido roca ahora se convertía en barro, y luego le daba permiso al río. Me gustaba atrapar luciérnagas, cigarras o grillos que se despedían del verano para susurrarles secretos y que los esparcieran en el viento.

A mi madre, durante un viaje como éste, se le alegraba el rostro y las manos, con las que me besaba el cabello, por verme jugar y descubrir el viaje. Pero ese año, el año del agua, mi madre caminó callada, y con la mirada fija en el destino, que yo todavía no podía llegar a ver.

-No aceleres el paso- me dijo- el tiempo de llegar será marcado con la caída de las hojas.

Y esas palabras, llenas de una tristeza que se expandía y marchitaba cada uno de sus pasos, hicieron que me llenara de miedo y le preguntara con los ojos qué pasaba. Sin embargo, sus ojos no se ablandaron y no quisieron tocar los míos.

-Mamá- susurré una noche que dormíamos junto al fuego.

Después de días de viaje, el sol se cansaba cada día más rápido, haciendo que la luna llegara antes, cada vez más fría y oscura. Las hojas de los árboles empezaban a cambiar su carácter. Pronto pasarían a ser parte del suelo.

-Sos hija del agua- susurró ella en respuesta.

Los años del agua eran raros, se presentaba uno cada ocho o siete años, duraban más que el resto y traían la bendición de las lluvias: el cielo se volcaba en la tierra y limpiaba todo, incluso a los impuros, que podían volver a empezar después de que la lluvia y el viento los atravesaran.

Yo había nacido en un año del agua, como el que transitábamos en ese momento, y hasta ese instante, en que mi madre susurró el hecho como una sentencia, siempre había sido algo bueno; se suponía que los hijos del agua traían alegría y esperanza a sus familias.

-¿El agua ya no es suficiente en mí mamá?

Por primera vez, una sonrisa capaz de suavizar el fuego se desprendió de su ánimo.

-El agua siempre ha sido abundante en tu espíritu hija, sos la niña más agua de todos los niños hijos del agua que haya conocido- pero su rostro se volvió a semejar a la roca- pero los hijos del agua sólo les pertenecen a sus padres por un tiempo, luego los tienen que devolver al agua misma, a su madre luna.

De esa forma, mi madre me decía que el viaje que emprendíamos era solo de ida, que para mí ya no iba a ser posible volver a la casa en que había visto mis brazos alargarse, en donde había probado el pan de higos dulces y había aprendido que el mundo era una enorme y bellísima extensión de mi cuerpo.

Lloré esa noche y muchas otras. Mi madre me consoló, acogiéndome en su seno, como hija de la tierra que era, pero no cambió la dirección de sus pasos ni el punto de su mirada en los siguientes días del viaje. Le susurré, a través de la brisa que se colaba entre su pelo, historias magníficas de madres valientes e hijas capaces de seguir sus espíritus mientras dormía, pero tampoco eso fue capaz de motivar ni el más mínimo desvío. Siempre había sido fácil hacerme el camino para encontrar el corazón de mi madre, pero esa vez, parecía que su corazón anclaba lejos de mi alcance.

Una tarde de nubes grises y violetas, mi mirada comenzó a perderse en las primeras hojas de los árboles que flotaban un descenso lento hacia la tierra. Sentí que la piel debajo de mi ombligo se arrugaba y contraía en un puño de dolor. Lágrimas de desesperación se cargaron en mis ojos y sin ser capaz de pensar en nada más, me arrodillé y le soplé a la luna, madre de los hijos del agua, un lamento, un ruego, una de las viejas canciones de cuna que no podía ser cantada.

-Madre Luna, no dejes que mis pasos me lleven a la sequía, no dejes que abandone la mano de mi madre, o mi espíritu tocará las copas de los árboles, se volverá espina en la vasija, y pediré que mi nombre sea parte de la interminable lista de los que deciden empezar el largo…

Antes de terminar, mi madre me tomó de los hombros y me obligó a abandonar la posición de plegaria. En sus ojos se encendía un terror que antes no había visto.

-¡Hija, no!- me gritó- ¿Qué palabras dicen tus labios?

-No quiero ir este año, mamá.

-No podés pronunciar esas palabras, no podés hablarle a tu madre luna- siguió gritando- o tu nombre será parte de la interminable lista y te vas a marchitar, ¿Eso es lo que querés para mí? ¿Tu mamá, que todos estos años se vio bendecida por su hermosa niña agua?

Me sentí más perdida aún que cuando decidí ponerme de rodillas y hablarle a la luna.

-¿Entonces por qué tenemos que ir?- grité.

-Porque tu madre luna te reclama, y ya no podés vivir con los hijos de la tierra. Si no seguís este camino, tu nombre va a ser dicho, y ya sabés lo que eso significa. Yo no quiero ni puedo dejar que otro hijo se me vuelva polvo entre las manos.

Entendí entonces que mi camino era uno solo… seguir los pasos de mi madre. Entendí que si ella tuviera que cargar con mi ocaso, su corazón terminaría de desgranarse en un interminable camino árido. Yo siempre había sido para ella como el deshielo para la cosecha, y decidí, en ese momento, que no iba a dejar de serlo durante ese último viaje.

Ya quedaban pocas hojas en los árboles; el inicio del otoño nos avisaba que finalmente el año agua empezaba a recorrer sus últimos ocasos. Estábamos ya cercanas al lugar donde La Gran Llanura comenzaba a encorvarse para fusionarse con las Montañas Sagradas. Todos los años agua, en ese lugar se llevaba a cabo un antiguo rito, rito en el que mi madre y yo íbamos a participar. En mi viaje anterior no se me había permitido formar parte, ni repetir los cantos o escuchar las palabras antiguas. Sólo ahora comenzaba a vislumbrar las posibles causas de ese hecho.

En el último transcurso del camino, comenzamos a encontrarnos con otros hijos del agua con sus madres. Cada uno de ellos venía de distintas partes de La Gran Llanura a participar del rito. Los pequeños niños agua, nacidos siete años tierra antes, pasaban corriendo, entusiasmados, y se tiraban a los colchones de hojas y reían a carcajadas, o llamaban a los pájaros.

Mientras que los ojos de sus madres, sonreían; pero no demasiado, porque veían el dolor en los ojos de las otras madres, como la mía propia, y sabían, que algún día, ese dolor sería parte de su carne. Los jóvenes agua, nacidos en mi mismo año, por el contrario, arrastraban el pesar que también dibujaban mis pies en la tierra, podía ver las mismas chispas de bronca en los ademanes de sus manos, o en la comisura de sus labios.

Los últimos días de viaje compartimos nuestro fuego con otras madres y sus hijos, e intercambiamos nuestros panes y nuestras bebidas como era lo acostumbrado. Una de esas noches, me alejé del grupo, y me fui a sentar debajo de un árbol que ya casi había soltado todas sus hojas.

-Ya todas las hojas se están yendo- dijo una voz desde la oscuridad.

Dirigí mi mirada hacia la voz, y vi un joven agua, del mismo año que el mío saliendo de la espesura. Esa voz, por la amargura de su tono, sabía lo mismo que yo.

-En mi viaje anterior estaba tan enojada por no poder participar del antiguo ritual- dije sonriéndole a la ingenuidad de mi niñez- ahora no sé cómo rogarle a los árboles que no abandonen sus hojas este año.

-Yo tampoco quiero dejar a mi madre- dijo con una sonrisa triste que lo hacía parecer un joven con las primeras batallas marcadas en el rostro.

-Mi mamá se va a quedar sola- susurré.

-¿No tenés hermanos tierra?

-Tengo una hermana… pero ya tiene su propia casa, y tiene varios pretendientes, así que supongo que dentro de poco va a tener su propia familia.

La tradición dictaba entre los hijos de la tierra que las mujeres podían salir de su casa materna cuando fueran capaces de construir su propio hogar, conseguir su propia comida, elaborar sus herramientas. La mujer debía aprender a ser una sola, como la tierra. Después, cuando ella lo quisiera, podía revelarle a la comunidad que recibiría pretendientes.

Nos quedamos un rato en silencio. Él se sentó a mi lado y juntos seguimos mirando las pocas hojas que quedaban en los árboles, rogándoles que no se dejaran arrancar, que permanecieran. Le susurrábamos a la profundidad del bosque que no olvidaran cada una de sus extremidades.

-Pedirle a la naturaleza que vaya contra sí misma es egoísta, las grandes leyes lo prohíben- dijo después de un rato.

-Sí,- murmuré- también sé eso, pero no puedo evitarlo, lucho contra eso todo el tiempo.

-Yo también- dijo él, y vi que la culpa también le pellizcaba las mejillas- No tenemos que estar tristes, después de todo, he escuchado que la ciudad de Horizonte Blanco es increíble- añadió intentando, fiel a su ánimo agua, traer algo que refrescara nuestros sentimientos.

-¿Horizonte Blanco?- pregunté, era la primera vez que oía ese nombre, y una sensación de agua helada me invadió y recorrió la espalda.

-Es a donde vamos, después de que termine el antiguo rito.

El silencio esa noche no nos trajo paz, pero nos unió en la preocupación, como hermanos que se vuelven uno ante la orfandad. A partir de ese día nos seguimos los pasos como consuelo ante la soledad.

Las últimas hojas habían terminado de caer y todos los hijos del agua estaban a las orillas de la laguna donde se llevaba a cabo el antiguo rito.

Los más pequeños habían comenzado ya el camino de la luna con sus madres, alejándose de la laguna. Me sonreí a mí misma ante el recuerdo de aquel sendero, de la alegría que llevábamos como niños sin miradas obtusas por querer anticiparnos, por querer mirar más allá del horizonte. Sonreí sobre todo ante la imagen de las manos y las caricias de mi madre.

Esta vez ella no estaba junto a mí, se encontraba del otro lado de la laguna como una mera espectadora. Verla a la distancia aceleraba mi corazón y traía pensamientos descoloridos como el invierno a mi cabeza.

Cuando el atardecer estaba en todo su esplendor, vimos que desde la montaña bajaban diez personas agua, vestidos con ropajes ceremoniosos, casi del color mismo de la luna, que llegaban a cubrir sus rodillas.

Recuerdo que un torrente de pensamientos me sacudió y me inundó, como un aluvión en medio de la noche. De pronto noté que no recordaba haber visto o conocido ningún adulto agua cerca de mi casa materna, me di cuenta que los ojos de mi madre, cuando yo hablaba de mi propia

casa, me habían confesado la verdad, pero yo no lo había visto, o no
había querido hacerlo. Fue como si de pronto, a la vista de estos hombres y mujeres que llegaban frente a nosotros, se hubieran despertado
todas las huellas, todos los signos que me habían cantado los vientos y
se unían en una sola evidencia. Venían a decirme que yo había tenido
conocimiento de mi propia canción… todo este tiempo… y había decidido no cantarla.

No me atrevo a decirles cuáles fueron las palabras que se dijeron ese
día en el añejo rito. Se usaron palabras antiguas de los dioses mismos,
palabras que pueden cambiar y mover las cosas, palabras que ese día
nos hicieron despertarnos como jóvenes y abandonar la niñez. Nos purificaron y después nos dieron una bebida agria que nos predisponía a
despedirnos de nuestra vida anterior.

Mi madre vino a mí después de esto, tomó mi rostro entre sus manos
y lo unió al suyo mientras me tocaba la frente con sus labios. Nuestros
ojos se encontraron y nos dijimos todo lo posible sin desviar la mirada.

-Es hora de que sepas tu propio nombre- me dijo despacio como
una caricia.

Ara

Y algo que parecía haber estado oculto como agua subterránea de
pronto se hizo grande y ocupó todo mi cuerpo. En un solo estallido, en
lo que demora el aleteo del colibrí, había dejado de ser hija, había dejado
de ser una niña agua, ahora era Ara.

Los adultos agua nos dieron la señal. Era hora de irnos. Miré a mi
madre mientras daba cada paso más y más y más distante de ella. Sus
ojos no derramaron lágrimas, se quedó observándome y se mantuvo
firme como hija de la tierra que era. Y esa fue la última vez, el último
reflejo que vi de sus ojos.

dos

El camino era largo. En los descansos podía ver los rostros de mis compañeros entre sus manos, ocultando el dolor, secando las lágrimas que bailaban, en caída, por sus rostros. Sin embargo, cada vez que mi propio cuerpo atentaba a derramarse en dolor, la imagen de mi madre sosteniendo la mirada sin miedo de perderse ante la pena, asaltaba todo pensamiento, toda intención de desborde. No podía llorar. No podía derramarme porque, de alguna forma, sentía que la deshonraba.

Dirigía, entonces, mi mirada al camino y a un más allá de lo que los senderos susurraban. A medida que íbamos ascendiendo a través de las montañas, los aires comenzaban a cambiar, iban volviéndose cada vez más gélidos y más oscuros. El frío comenzaba a sentirse de manera diferente a lo que había experimentado durante mi vida en La Gran Llanura, ése era el frío de los largos inviernos, no de los primeros días del silbante otoño. En la tercera tarde de ascenso, mientras intentaba mantener el calor apretando mis brazos contra mi cuerpo, una mano cálida se posó sobre mi hombro. Una mujer de cabellos blancos y mirada dulce me consolaba con su sonrisa, a cada uno de nosotros iba repartiéndonos abrigos y botas de piel para resguardarnos del frío y cubrir nuestros pies casi desnudos. Me extendió un kupam, una manta triangular lo suficientemente amplia para envolverme por completo. Era tibio como un abrazo y reconfortante y al mismo tiempo liviano al andar; estaba hecho de una lanilla de prodigiosa suavidad, hasta ese momento jamás había tocado algo parecido.

-Es lana de acuná- me dijo la mujer aun observándome —Si tenemos suerte, durante el camino, quizás veamos algunos.

El acuná es un animal tímido, a pesar de sus enormes dimensiones. Vive en las montañas, conoce los caminos secretos que la atraviesan y sólo se acerca y les permite tomar parte de su largo pelo a quienes saben cómo cantarles. Su lana es extremadamente valiosa; en La Gran Llanura se decía que sólo aquellos que habían tenido cuatro cosechas buenas podían adquirir algo de este prodigioso material.

Los días en el camino entre las montañas se hacían cortos, dejábamos de ver el sol temprano a media tarde, aunque la luminosidad duraba un poco más. Sin embargo, las noches eran hermosas, las estrellas estaban tan cerca que casi podíamos sentir su respiración sobre nuestras cabezas y la inmensidad de los cielos nos abrazaba en toda su oscuridad.

Todos los días anhelaba la llegada de las noches más que cualquier cosa, porque los adultos agua preparaban una gran fogata y cuando nos sentábamos alrededor de ella comenzaban a contar historias, historias increíbles de héroes del pasado, de la época de los dioses, o sobre la magia antigua, o a veces historias pequeñas, sobre los animales y las plantas que crecían en las rocosas tierras que nos rodeaban.

Al principio me sorprendía que pudieran contarlas con la libertad y la soltura del aire, sin miedo alguno. En La Gran Llanura, historias como estas estaban prohibidas. Los hijos de la tierra eran muy temerosos de las palabras, se consideraba sabios a quienes decían sólo lo necesario cuando el cuerpo ya no podía ser la vía, o se permitían decir simplemente las palabras que eran exigidas por la ceremonia, por el rito o la rutina.

El recuerdo y las situaciones paralelas me transportaban a aquellos momentos en los que también me había sentado alrededor de una fogata bajo la oscuridad de la luna, cuando niña, para ver a mis abuelos mostrarme los viejos relatos en el fuego. Ellos usaban las llamas, sus manos y las sombras para relatar lo que existía detrás del velo de los años.

-Tenés que aprender hija, tu cuerpo puede decir mucho sin necesidad de usar el verbo- eran las palabras de mi madre cada vez que quería frenar la fuerza de mis preguntas y la verborragia que me galopaba los labios como río ante la cascada.

Pero estos hombres y mujeres hablaban de todas las formas posibles: hablaban de pie, sentados, mirando al cielo, o incluso de cuclillas, unos junto a los otros; hablaban de forma ceremoniosa pero también lo hacían con lágrimas en los ojos sacándose la risa del cuerpo. Todo esto era para mí una revelación que hacía que mi cuerpo hormigueara y zumbara como los insectos en primavera. Y la palabra llamaba a ese nuevo fuego que se había despertado cuando mi madre me había dado mi nombre antiguo.

La séptima noche de viaje, uno de ellos se agachó frente al fuego, y empezó primero en un susurro, tirando las palabras como en una invitación, y después comenzó a moverse con el ritmo de sus sentencias, a desenroscar el relato y para cuando todas sus locuciones tomaban altura, nos tenía a todos atentos y pendiente de cada hilo, de cada palabra...

-Hace muchos milenios atrás, cuando este mundo acababa de terminar de ser moldeado y la arcilla comenzaba a secarse, - sus manos se movían alrededor del fuego- nacieron en el mundo un hermano y una hermana, nacieron del primer contacto de la luz de la luna con la tierra, y en cuanto pudieron pararse sobre sus propios y pies y contemplarse y entenderse, empezaron a recorrer todo lo que hasta entonces había sido creado. Descubrieron que, a diferencia de las otras criaturas que habían nacido junto con ellos para habitar este mundo, ellos eran los únicos que tenían el don de la palabra.

Jugando con el lenguaje, empezaron a nombrar aquello que podían sentir, aquello que les rozaba la piel, aquello que les producía sed o gozo, la luz que se traslucía entre el follaje, o el calor que traspasaba su vello y se dieron cuenta de que una vez que nombraban cada una de estas esencias, éstas les pertenecían, les daban poder, y por lo tanto, también responsabilidad. Los dos hermanos se convirtieron en los primeros guardianes de estas tierras, y los primeros en erigir santuarios a la luna.

No pasó mucho tiempo hasta que otros hombres y mujeres que habían nacido del sol llegaron y encontraron a los hermanos hijos de la luna. El encuentro fue una fiesta, los hijos de la luna y los hijos del sol decidieron ligar sus destinos y juntos descubrir y guardar los secretos de la tierra.

Los hijos del sol eran magnos guerreros, expertos artesanos y grandes constructores. Los hijos de la luna les enseñaron el poder del lenguaje y sus dominios, les enseñaron de los cielos y del comportamiento de los ríos. Juntos construyeron las ciudades más hermosas y crearon herramientas que desafiaban cada vez más el intelecto humano. Lograron esto y más dejando que la imaginación fluyera como un río pacífico. Los hijos de la luna y los hijos del sol se unieron y procrearon; juntos crearon la humanidad que se extendió por la tierra, y cruzaron los mares y las llanuras.

Mucho tiempo pasó; los hombres y las mujeres se esparcieron tanto por el mundo que olvidaron sus orígenes, olvidaron sus primeros santuarios y comenzaron a utilizar el poder del lenguaje para dominarse unos a otros, para someter pueblos y para traer la Guerra. Y una vez que la Guerra estuvo instalada, sus garras crecieron y crecieron, y comenzaron a desgarrar y alimentarse del corazón del hombre.

La humanidad enfrentó su época más oscura, La Gran Guerra instaló la negrura del hambre, comenzó a apoderarse de los cuerpos y de las almas y los fue consumiendo con fuego, hierro y enfermedades. Los hombres y mujeres de buenos corazones fueron menguando, y cada vez eran menos los que pisaban la superficie de la tierra. Los que sobrevivían y se hacían fuertes eran aquellos que llevaban la guerra cosida en las entrañas.

El mundo sucumbió en oscuridad, los grandes bosques fueron quemados y arrancados desde sus raíces, los mares subieron y taparon ciudades. La humanidad había olvidado todas sus misiones en la tierra, había olvidado la lengua antigua y todos los nombres importantes. El mundo, sabio en su antigüedad, para protegerse de su creación más exquisita comenzó a congelarse, devastando lo que quedaba de la humanidad… enfriando las garras de la Guerra…

El hombre agua hizo una pausa y se quedó mirando el fuego por un momento, mientras nosotros permanecíamos expectantes mirando alternativamente al fuego y luego a él, buscando una señal en sus ojos o en las llamas del fuego sobre cómo se desenvolvía finalmente la historia.

No podía dejar de escuchar tal historia, y al mismo tiempo me costaba imaginar que hubiese habido aquella oscuridad cerniéndose sobre el mundo. En La Gran Llanura, había escuchado hablar, en apenas susurros, en palabras a medias, en noches de augurios sobre el viejo mundo, acerca de las grandes tecnologías. Y a las grandes construcciones las había visto reflejadas en el fuego. Los hijos de la tierra miraban ese pasado con nostalgia, pero también con miedo y respeto. La Gran Guerra era la sombra que se cernía sobre sus miedos. Cada cuatro años, los hijos de la tierra, en las batallas del ocaso, volvían a enfrentar ese miedo encarnado en lo que quedaba de sus sombras para mantenerla a raya.

Después de una pausa que nos mantuvo sin respirar, el hombre agua, para el alivio de los más jóvenes, continuó con su relato:

-Cuando ya no había esperanza, una hija de la luna vino al mundo. Su nombre era Mevem.

Apenas pronunció el nombre una brisa fría nos bailó en la espalda y todos los ojos de la joven audiencia se abrieron como la mirada del búho ante la audacia de estos hombres que no temían a pronunciar los nombres; más aún aquellos que habían entrado en las nieblas del silencio.

-Mevem nació en tierras donde la Gran Guerra no daba muchas esperanzas para la vida- continuó el hombre luna- buscando exilio, encontró en estas tierras, un antiguo santuario a la luna, y allí aún oculta, en las profundidades del templo, en las entrañas de la montaña, descubrió la primera lengua, el lenguaje de los primeros hijos de la luna. Comprendió el verdadero poder de la palabra y aprendió a respetarla y también a usarla.

Con el poder de la palabra abrió una brecha en la oscuridad del mundo; liberó al centro de las montañas de las garras de la guerra, y fue llenándolas primero, de hombres y mujeres que huían de la eterna mortandad que rodeaba al mundo. Luego liberó las tierras de las que ustedes provienen. Mevem y esos primeros hombres y mujeres, que volvían a nacer después de siglos de oscuridad, construyeron la ciudad de Horizonte Blanco sobre lo que quedaba del antiguo santuario, y poco a poco fueron liberando La Gran Llanura.

Sin embargo, el hambre de guerra que nunca muere, nació encarnado dentro de la gran ciudad. Su amenaza fue tan grande que casi lo destruyó todo. Mevem, a pesar de que ya transitaba lo que debían ser sus años de paz, logró detenerlo y expulsarlo más allá del horizonte, donde la oscuridad aún se cierne.

La paz volvió a la ciudad Horizonte Blanco y a La Gran Llanura, pero a partir de ese entonces, en orden de proteger y mantener encendida la luz de la paz, Mevem expulsó a los hijos de la tierra de la ciudad, y exigió que los hijos de la luna y los hijos del sol vivieran separadamente. Desde entonces, cada niño que nace en el año del agua, es reclamado por la luna, y al finalizar su tercer año agua, después de haber vivido catorce años tierra en La Gran Llanura, debe abandonar el seno de su madre, y su familia tierra para unirse a una nueva familia y reconocerse a sí mismo, como hijo de la luna.

Un gran silencio voló sobre nuestras cabezas. Las palabras de la narración zumbaban alrededor nuestro y cuando llegaban al fuego, algunas simplemente se derretían, pero otras palabras al contacto saltaban en una o dos chispas y otras chirriaban mientras se quemaban.

Era lo más increíble que había escuchado hasta ese momento. Tiempo después, mi maestra volvería a contarme esa misma historia, la historia central, de la cual se desprendían todas las grandes narraciones.

-Por eso están acá- dijo finalmente el hombre agua- nuestra madre luna los reclama para que se unan a nosotros en la gran ciudad.

En los días que siguieron no pude dejar de pensar en esa historia, y el nombre de Mevem vibraba por todo mi cuerpo. Había tantas cosas que la narración había despertado, que de pronto mi cabeza se había llenado de palabras y sombras, de preguntas que se me amontonaban en la lengua. Sin embargo, al igual que todos los demás jóvenes agua, todavía me sentía temerosa de hacer vibrar la lengua y hacerla bailar en mi paladar, y dejar, así, que se me escaparan discursos de entre los dientes.

Llevábamos un mes de trayecto, de subir, bajar y atravesar pequeños valles que se encontraban entre las montañas. El frío cada vez escalaba una posición y hacía las noches más oscuras y los días más cortos y agonizantes.

El tiempo en el camino me había permitido acercarme cada vez más a dos jóvenes agua, con quienes había comenzado a hablar. Primero lo hacíamos escondiendo las palabras; seguíamos hablando con la mirada, tal como lo hacíamos en La Gran Llanura, siempre con miedo a que los ojos de los adultos nos alcanzaran. Pero con el tiempo, nos dimos cuenta que los guías no ponían ninguna objeción en que usáramos las palabras, y cuando nos descubrían hablando, sonreían y seguían con la mirada al frente. Poco a poco fuimos abriendo el canal de nuestras charlas, y fuimos dejando que las palabras fluyeran por nuestro cuerpo.

-Mi mamá me dijo mi nombre- me dijo mi nueva amiga.

-A mí también- respondí.

-Creo que era parte del rito.

-¿Creés que nos van a dejar decirlo? ¿En voz alta, tal como ahora estamos hablando?

-No sé, nos dejan hablar todo lo que queremos, pero creo que los nombres son todavía razón de respeto.

Mi amiga era suave y reía con liviandad y con la sonoridad de una calandria.

-Y vos tenés el pelo como un fueguero- dijo mi amiga señalando la cabeza de mi joven amigo. Era el mismo que me había hablado como sombra desde el bosque, aquél con quien había compartido parte de mi viaje hacia la laguna. Desde entonces habíamos permanecido siempre uno no muy lejos del otro.

Reímos ante las comparaciones con los pájaros, y la inspiración me sopló en la cara.

-Ya sé- dije- Usemos los nombres de los pájaros.

Se quedaron mirándome sin entender.

-Para hacer referencia a nosotros mismos- expliqué- Vos- señalé a mi amiga- de ahora en más sos Calandria, y vos sos Fueguero.

Se rieron ante la mención, pero aceptaron la idea.

-Yal- dijo Fueguero mirándome a través de mis ojos- Sos mansa pero también sos del frío.

Mis nuevos amigos eran diferentes a aquellos que había dejado en La Gran Llanura. Eran livianos de carácter y reían con facilidad. Me sorprendía encontrarme de pronto, en alguna conversación sobre las formas de las nubes o los colores de la montaña, reconociéndome en sus ojos, encontrando muchas de mis palabras en sus labios, mis ademanes en los suyos. Después de todo, éramos hijos del agua, hijos de la Luna, y podía darme cuenta, con la frescura de la mañana, que todo aquello que alguna vez me había diferenciado de los hijos de la tierra, ahora me unía a estas personas, me convertía en una de sus hermanas.

A pesar de la bienvenida compañía, las memorias de mi familia seguían cruzándome de tiempo en tiempo, y hacían, casi en un movimiento inconsciente, que me llevara la mano al cuello, y tomara entre mis manos el único recuerdo sólido y tangible que mi madre me había permitido traer, el collar de piedras. Mis manos se enredaban entre las cuentas y por momentos me podía sentir transportada de nuevo a La Gran Llanura, a la casa materna, repasando la sombra fresca del sauce, las paredes redondeadas del domo, los búhos de ojos grandes por las noches.

Mi madre se había desprendido el collar con el que tantas veces había jugado mientras me estiraba en su falda, y en una caricia lo había puesto en mi cuello. Una piedra circular y hueca como una argolla resaltaba entre las demás, era el símbolo de la familia, y pasaba de madre a hija.

-¿Por qué me lo das a mí?

-Porque te lo merecés.

-Pero mi hermana, ¿no lo quiso?

-Sabía que te gustaba mucho, más que a ella.

Mi madre me honraba antes de emprender el viaje con la memoria de nuestros antepasados. En esos días, no había mayor regalo que ese.

El recuerdo era real y sólido como las piedras del collar, pero el dolor había ido, como la luna, menguando. Y el llamado de la ciudad blanca, como solían decirle, me susurraba al oído con el viento de la mañana.

Después de un mes y medio de caminata llegamos a la cumbre azul. Los adultos se quedaron mirando al horizonte; los imitamos. Al principio no distinguimos nada. Pero después de un rato, a lo lejos, vimos una montaña que bailaba entre varios colores, entre el rojo y el amarillo que se combinaba, por momentos, con el blanco y por otros, con el azul.

Y ahí la vimos por primera vez. En la distancia se erigía, desplegándose de la montaña misma una enorme ciudad amurallada, que al igual que su entorno rocoso, iba tomando los colores que la piedra le ofrecía. Por momentos era blanca como la superficie de la luna, y por otros, roja como la arcilla y el color de nuestras manos.

Nos quedamos estáticos mirando la ciudad, ya llena de mitos y de historias. Al verla sentí el llamado volviéndose tangible, revoloteando en mi estómago como una fuerza que crecía y crecía, mientras me daba cuenta de que debajo de todo aquello estaba la cuna de la palabra.

La emoción nos invadió a todos por igual, pero un grupo empezó a descender demasiado rápido; los pasos pronto se convirtieron en zancadas incontrolables. Los guías los vieron correr y un miedo les subió por la garganta. Comenzaron a gritar para detenerlos. Pero era demasiado tarde, cuando empecé a descender, detrás de los guardianes del camino, sentí que la tierra que pisábamos comenzaba a desmoronarse. Todos empezamos a caer y resbalar por las rocas. Intenté sostenerme de una roca, pero ésta cedió y continué resbalando por el costado del camino. Pude ver cómo la mayoría había logrado sostenerse y detener la caída, pero otros tres jóvenes y yo descendíamos incontrolablemente.

-¡Yal!-gritó Fueguero tratando de agarrarme, pero nuestras manos apenas se rozaron.

Miré hacia abajo y vi que resbalábamos hacia un acantilado. Intentaba frenar mi caída hundiendo mis manos y mis pies, pero solo desgarraba arenilla, como si estuviera pataleando en el agua en un día en el que el calor se asienta. Cerré mis ojos, temiendo en mi corazón que esa sería mi última canción, temiendo que no llegaría a la gran ciudad ni vería sus esplendores.

-Raiwará.

La palabra salió de mis labios, y toda la arenisca suelta que nos llevaba hacia el abismo se endureció por completo en lo que demora el aleteo del colibrí, de modo que pude sostenerme de sus rugosidades. Me quedé quieta, sujetándome de la roca, respirando todavía el miedo, permitiendo que bajara en lágrimas a lo largo de mis mejillas. Los otros tres jóvenes también se sostenían de la roca, ahora dura y rugosa, y miraban primero con terror el acantilado y después devolvían la mirada hacía mí con el mismo horror acumulado.

Los guardianes del camino llegaron hasta nosotros y nos ayudaron a ponernos de pie. Yo sólo sentí dos pares de brazos, y dos rostros con la alarma en la mirada que me tomaron de los hombros y me pusieron sobre mis pies, mientras yo temblaba y les rogaba con mis ojos una explicación. El susto había embarrado mi capacidad de hablar.

-¿Cómo…-empezó el más alto de los guías- cómo hiciste eso?

Lo miré sin verlo.

-¿Quién te enseñó esa palabra?-preguntó el otro.

-No…- pero no era capaz de hablar, mis brazos y piernas habían comenzado a sacudirse sin control.

-Vení conmigo- dijo una mujer, me cubrió con sus brazos y me alejó de la multitud. Entre todos los ojos que me miraban como si fuese una serpiente a punto de atacar, vi a mis amigos Calandria y Fueguero observándome a través de la preocupación. Yo a su vez, les dije con mis ojos todo el temor que recorría mi cuerpo.

La guardiana me llevó hacia la fogata más alejada, y me pidió que me sentara sobre una manta.

-A ver tus manos- Le tendí mis manos, con las palmas inflamadas y lastimadas.

Se levantó, buscó algo en uno de los recipientes que cargaban y volvió a mí con un líquido blanco que comenzó a volcar sobre mis manos heridas.

-¡Arde!- intenté retirar mis manos de las suyas, pero ella me sostuvo.

-Ya sé que arde, pero si no te curo se va a infectar, y eso es peor.

Me curó las manos, después siguió por las heridas en mis rodillas y codos. Soporté el ardor siguiendo siempre sus ojos, pero ella no me miró, se concentró en las heridas y no dijo palabra. Cuando terminó, me trajo una bebida caliente y picante. Se colocó de cuclillas del otro lado del fuego, frente a mí, para observarme.

-¿Qué me pasó?- le pregunté.

-Usaste una palabra antigua.

-Yo no sé el idioma antiguo.

Ninguna palabra se desprendió de sus labios, y sus ojos tampoco me decían nada; su mirada se posaba sobre mí queriendo llevarse consejo sin darme nada a cambio. Mi cuerpo comenzó a sentirse incómodo y desvié la mirada de aquellos ojos sin límites.

-¿Puede alguien que no sepa el idioma antiguo usarlo?- pregunté, buscando una vía distinta. Ella mantuvo su expresión impasible.

-No.

La incomodidad creció.

-Tenés que dormir-dijo y se levantó. Quise levantarme para ir con mis amigos, pero puso una mano en mi hombro y negó con sus ojos-acá, vas a dormir acá.

La semana siguiente fue la peor desde que había iniciado el viaje; peor incluso que las primeras semanas, donde el dolor de la despedida de mi madre me consumía. Los guías me mantenían aislada y no permitían que ninguno de los demás jóvenes agua se me acercara y menos aún, que yo dijera palabra alguna. Podía ver, de vez en cuando, las miradas de preocupación y consuelo de Fueguero y Calandria cuando pasaban a cierta distancia de mí.

El resto de los jóvenes agua me evitaba con discreción y me dirigía miradas fugaces, como si temieran que los atacase y los convirtiese en piedra con la línea de mi mirada.

Jamás en mi corta vida me había sentido de esa manera, como un ave aislada de su bandada y cuyo canto se atrofia por la soledad. Todas las palabras que habían surgido en mí en el último mes comenzaban a perder su color y a descascararse lentamente.

-No quiero que te asustes- me había dicho la guía a la mañana siguiente- pero hemos decidido que es mejor que te mantengas apartada del grupo hasta que lleguemos a Horizonte Blanco- esas palabras lograron justo lo contrario, que un miedo terrible germinara en mi corazón- y también sería mejor que no uses la palabra, y te comuniques como un sabio en La Gran Llanura.

Mi silencio profundo y lleno de ecos apagaba mi espíritu lentamente. Antes, en La Gran Llanura, mantener el silencio era más sencillo, pero en ese momento, una vez que había soltado las palabras, retenerlas de nuevo era como embalsamar el curso de un río. Ahora las palabras se volvían rumores grises en mi cabeza, rebotando en una alberca ya sin agua.

-Ey, Yal- me dijo una voz detrás de un arbusto. Dirigí la mirada y vi que Fueguero se escondía detrás- ¿Por qué te tienen separada?

Mis ojos le dijeron que no me era permitido hablar.

-¿Tampoco te dejan hablar?

Volví a negar, esta vez también con mi cabeza.

-Creo que tienen miedo- me dijo- le escuché decir a uno que esto no había pasado nunca, pero ninguno de nosotros sabe muy bien qué pasó.

Miré hacia abajo, mientras el dolor me aguijoneaba.

-No te preocupés- Volvió a decir Fueguero, viendo mi rostro de dolor- quedan tres días para llegar a Horizonte Blanco. Una vez que lleguemos, todo se va a solucionar.

Y Fueguero desapareció antes de que pudiera mirarlo de nuevo.

tres

La ciudad de Horizonte Blanco se levantaba detrás de las grandes murallas, mezclada con la montaña y sus distintas tonalidades. Permanecimos quietos, como un niño frente al árbol más antiguo. Nos quedamos mirando sin saber si toda aquella magnificencia respondía a nuestros nombres. Yo más que nadie me atormentaba con esa pregunta una y otra vez.

Estábamos frente a las grandes puertas, negras y brillantes, pero también opacas como pueden ser infinitas noches. Sobre ellas ya habíamos escuchado hablar suficiente a los guardianes del camino; nos contaron como fueron hechas a la luz de la luna, con materiales caídos del cielo, con piedras y metales de otras épocas; nos contaron que, en su interior, los constructores colocaron palabras antiguas para que pudieran resistir la oscuridad. Esas enormes puertas se abrían ante nosotros, permitiéndonos el paso.

Cuando traspasamos las puertas, todas las ensoñaciones, todo lo que habíamos dibujado en el aire sobre la gran ciudad chocó contra una serie, casi interminable, de paredes de roca, de espacios donde la montaña abría su boca y después la cerraba abruptamente. No había más imágenes que ésta, la ciudad que habíamos pensado vislumbrar se escondía detrás de todas esas rocas que nos amenazaban el paso.

-El laberinto- dijo uno de los guías a modo de explicación, pero sólo logró que la incertidumbre fuera ganando terreno con la velocidad lenta y segura del ciempiés.

Una mujer vestida de blanco salió por entre las rocas y se acercó a nosotros. Sonrió con suavidad, pero la sonrisa no pasó más allá de su rostro, no llegó a tocarnos a ninguno de nosotros.

-Bienvenidos- dijo con una voz que parecía antigua, y que se había ido volviendo transparente a lo largo de los años- Me gustaría decirles que después de tan largo viaje, la ciudad los recibe- sus ojos iban posándose en cada uno de los jóvenes agua- pero me temo que tienen que probarse a ustedes mismos antes de entrar- sus ojos alcanzaron los míos y algo intenso, como una especie de reconocimiento, brilló en los suyos e hizo que no pudiera sostenerle la mirada- todos ustedes son hijos del agua- prosiguió- pero la ciudad de Horizonte Blanco espera que quienes ingresen sean verdaderos hijos de la luna.

Los ojos de los jóvenes agua se levantaron turbios de confusión. Era la primera vez que alguien nos decía que ser hijos del agua no conllevaba, inmediatamente, ser hijos de la luna, el pensamiento nos inquietaba a todos, incluso hacía que las ideas se levantaran en un enojo transparente: todo el sufrimiento de desapegarnos de nuestra vida en La Gran Llanura era porque nuestra madre Luna nos reclamaba, ¿y de pronto nos decían que debíamos legitimarnos ante nuestra madre?

A pesar de la incomodidad que se desprendía de nuestros ojos, nuestros murmullos y la inquietud que de pronto se levantaba del polvo que sacudían nuestros pies, la mujer de blanco no proporcionó ninguna palabra que nos calmara, que nos explicara o saciara. Simplemente dijo:

-El laberinto los pondrá a prueba.

Y desapareció entre las rocas, dejando que el miedo nos invadiera a cada uno de nosotros. Incluso desde mi lugar apartado podía leer el miedo entre los ojos de mis compañeros. Busqué entre la confusión la mirada de mis amigos, que pronto me encontraron y me brindaron sonrisas que intentaban calmar las tormentas que se nos desataban por dentro.

Los guardianes del camino, que todo ese tiempo nos habían guiado con respeto y un ferviente cariño hacia la ciudad, nos pidieron que nos sentáramos y que intentáramos mantener las palabras fuera de nuestros pensamientos. Ellos se preparaban para su última tarea.

Todos nos sentamos como nos fue pedido. Yo seguía cada una de sus órdenes mirando todo desde una lejanía que parecía la extensión de un sueño. Los guías prepararon un ungüento y señalaron a uno de los jóvenes más cercanos a ellos. El joven se levantó, le dibujaron un símbolo extraño en la frente con la mezcla, le susurraron palabras al oído y el joven desapareció entre las rocas.

Uno a uno los jóvenes agua fueron ingresando en el laberinto, mientras los guías procedían de la misma manera. Yo sentía frío, pero no el tipo de frío que provoca que los dedos se entumezcan, sino el que hace que algo adentro se arrugue y se inutilice.

Un sonido me sacó de la línea de mis pesares.

-Calandria- mis labios se despegaron y movieron antes de que pudiera llegar a prohibirles el sonido.

Mi alegre amiga me miraba con ojos también llenos de miedo.

-Estoy por entrar-dijo despacio- algunos de los otros dicen que en este laberinto hay almas se pierden y nunca vuelven, y que aquellos que logran llegar a la ciudad tardan días en encontrar el camino.

No pude evitar que las palabras fluyeran detrás de mi propia lengua, por más consciente y fuerte que la prohibición sobre mí fuese.

-Calandria- mis manos tocaron las suyas- no tengas miedo, tu espíritu libre no puede ser más que de la Luna, lo único que tenés que hacer es seguirlo- con la mirada le prometí que nuestras manos se iban a encontrar nuevamente.

Y la sonrisa que justamente la hacía ser libre se desprendió de su rostro y me llenó con un abrazo. Minutos después, estaba ya parada frente al laberinto, mientras recibía las palabras de los guardianes. La vi entrar apoyando los pies con energía sobre la tierra, y mi espíritu sonrió. De alguna manera supe que esa sonrisa y yo nos íbamos a volver a encontrar.

Tiempo después, vi, también, cómo el joven de la cabeza de fuego, mi amigo del bosque, mi primer compañero, se disponía a entrar al gran laberinto. Lo vi recibir el símbolo, como todos los demás, miré a la luna llena que nos alumbraba a todos, pidiéndole que no lo perdiera de vista. Cuando volví a bajar la mirada, ya había desaparecido.

-Buena suerte Fueguero- soplé despacito en el viento.

Llegó el momento en que todos los jóvenes agua habían desaparecido frente a las fauces del laberinto y sólo yo permanecía sentada en mi lugar apartado.

Los cinco guías se acercaron a mí y me puse de pie. Me escoltaron a la entrada del laberinto, siempre manteniendo el mismo silencio que me habían hecho arrastrar la última parte del camino. En ese momento, me di cuenta que temía más que no me permitieran entrar al gran laberinto, que no me permitieran seguir los pasos de mis amigos, que me convirtieran en una exiliada, antes que a las oscuridades que pudiese encontrar dentro de esos muros.

Se miraron unos a los otros, y uno de ellos asintió con la cabeza. El guía más alto se acercó y me dibujó el mismo símbolo en la frente, una especie de mariposa, pero más alargada.

-El laberinto te pone a prueba.

-El laberinto decide si sos o no hija de la Luna.

-Seguí tu espíritu.

-Encontrá la Luna.

-Buscá tu nombre.

Esas fueron las palabras que cada uno de los guardianes me dio y el laberinto se abrió hacia mí rodeándome con oscuridad al principio, luego la luz de la luna me encontró de nuevo.

Las paredes macizas, mezcla entre montaña y grandes bloques de piedra se levantaban por varios metros hacia arriba, frente a mí había al menos cuatro entradas que se abrían a distintas posibilidades. Pensé en escalar una de las paredes para poder ver más allá, pero algo en mi espíritu me dijo que esa no era una buena idea.

-Seguí tu espíritu.

Volví a escuchar las palabras, esta vez dentro de mí. Cerré los ojos para aclarar mis ánimos y desacelerar el ritmo de mi respiración. Luego volví a mirar las posibles entradas, fui observando las formas de las rocas, la luz de que proyectaban desde adentro o la oscuridad en la que podía llegar a sumergirme. Me quedé estática mirando, observando detalles como si me encontrara frente a la cabeza de una serpiente a la cual yo debía hipnotizar. De pronto algo, me llamó la atención; en la tercera puerta a la derecha, casi imperceptible en la lejanía del pasillo una pequeña sombra plateada se proyectaba sobre el piso.

Me acerqué lentamente, y pude ver que la sombra era un símbolo, un dibujo sobre la piedra, esbozada por la luz. Miré hacia arriba para ver de dónde provenía, pero inmediatamente el símbolo se desvaneció. Supe de inmediato que esas líneas querían decir algo, que significaban algo… sólo para mí.

Pero la imagen se había ido. Seguí hasta el final de ese pasillo y me encontré con nuevas bifurcaciones. Me quedé quieta y volví a repetir el mismo procedimiento, y, después de un momento, mi marca apareció en una de las paredes del primer pasillo.

"Mi marca", pensé, no sabía por qué, pero algo continuaba diciéndome que era mía. Corrí, esta vez sin pensarlo, hasta donde la imagen se posaba, y apenas la alcancé, se desvaneció por completo, nuevamente.

-Buscá tu nombre- dije en voz alta mientras el entendimiento me golpeaba- ese símbolo dice Ara, es mi nombre.

La alegría me llenó el cuerpo y no pude evitar que la risa se me saliera por la comisura de los labios. Seguí nuevamente hasta el final del pasillo, siempre rozando una de las paredes con mis manos para no perderme entre las sombras que los grandes muros proyectaban. Todas las preocupaciones que me habían invadido antes se me aflojaron del cuerpo; la tarea de cruzar el laberinto no era tan difícil después de todo, supuse en ese momento que había personas ocultas que nos iban iluminando nuestros nombres para guiarnos en el camino. Imaginé que mis amigos y el resto de los jóvenes agua estarían ya dentro de la gran ciudad, felices de haber logrado salir del laberinto, fascinados por los edificios y todos los secretos que se levantaban detrás de todas estas paredes…

Entonces escuché a lo lejos un lamento… al principio débil, pero que iba ganando desesperación, como un pequeño pájaro tragado por la oscuridad. Alguien lloraba y sus palabras tenían demasiado peso; mi angustia crecía palpitando cada sílaba que escuchaba. Mi cuerpo se congeló. Veía mi signo brillar más adelante, pero los llantos venían desde mis espaldas, de una de las múltiples entradas. Sin pensarlo otra vez, ignoré el símbolo que brillaba para mí y entré por uno de los pasillos siguiendo el lamento. Hasta que finalmente la vi. Una joven agua estaba sentada en el suelo, agarrándose las rodillas y llorando con la pena entre las manos. Quise correr hacia ella, pero una enorme pared se levantó desde el suelo sellando el pasillo e impidiéndome el paso.

Caí hacia atrás demasiado rápido para entender qué había pasado y me quedé un instante sin la capacidad de decirle a mi cuerpo qué hacer, mirando la gran pared mientras las manos se me ponían cada vez más frías. La joven agua me había visto por unos segundos y después había visto, también, cómo, de pronto, la piedra me tragaba. Podía escuchar su llanto y sus gritos ahora reforzados por un nuevo terror.

Sentí la crueldad del laberinto que me estaba diciendo, de manera abrupta, que éste era un viaje solitario; no me era posible ayudar a nadie. Me puse de pie y me apoyé contra la pared, como si por este simple acto pudiese doblegar la fuerza y la decisión de la piedra.

-¡Perdón!- grité- ¡Perdón! No puedo ayudarte- no podía saber si me escuchaba o no- seguí tu nombre y vas a estar bien.

Pero ya no podía escuchar más nada, ni lamentos ni gritos, era como si por un instante la piedra se hubiera tragado todos los sonidos. Deshice mi camino hasta ver mi marca de nuevo en el suelo. Volví a seguir mi nombre, pero esta vez sin la alegría y la euforia, sino con la duda recorriéndome por todo el cuerpo.

Esa noche fue como un sueño en el que la oscuridad te muerde los tobillos. Muchas veces escuché llantos pequeños o gritos como truenos, voces de desesperación como maleza sacudida por el viento, manos que rasguñaban rocas… pero cada vez que intentaba desviarme del camino nuevas paredes se levantaban y me cerraban el paso. Cada uno de nosotros estaba destinado a la soledad dentro del gran laberinto.

Nunca supe si esa noche pasé horas o minutos dentro de aquellos muros; el tiempo ahí adentro parecía plegarse, al igual que los pasillos y las paredes. Corrí por los callejones, no sólo siguiendo mi nombre, sino también gritando el nombre de mis amigos. Pero nunca tuve respuestas.

Al final, me encontraba frente a una última escalera que se hundía por debajo de la tierra. Comencé a bajar con la cautela en la punta de mis pies, mientras la oscuridad me cubría por completo y seguí caminando hasta que la luz de la luna me cubrió de vuelta y el túnel ascendió nuevamente.

Y ahí estaba, hermosa y gris, blanca, roja y plateada, como el sueño tranquilo después de la tormenta: edificios, montañas y fuentes se levantaban en un solo horizonte que llegaba hasta el cielo mismo. Frente a mí se abría una gran plaza circular de piedra alba. No había nadie en los alrededores y un silencio impenetrable levitaba en la noche.

Caminé hasta el centro de la plaza y caí sobre mis rodillas, de pronto exhausta, de pronto atormentada por el murmullo recurrente de lamentos que venía y se apagaba desde el laberinto con las ráfagas del viento. Me tapé la cara con mis manos, respiré a través de mis dedos, buscando un ritmo que me devolviera el palpitar tranquilo. Entonces escuché agua, me levanté lentamente, y a mi derecha, a una distancia de cien metros, vi una laguna que parecía llamarme. Llegué hasta ella y me sumergí en el agua hasta la cintura y todos los dolores que se enredaban en mi cuerpo se desligaron.

Me quedé estática, no queriendo alterar el agua, hasta que una túnica blanca brilló frente a mí. Levanté la cabeza y vi a la misma mujer que nos había recibido en la entrada de pie frente a mí. Me hizo una señal para que saliera del agua. Parecía molesta, sin embargo, me dijo:

-Bienvenida a la ciudad.

-¿Dónde están los demás?

Señaló el laberinto.

-Sos la primera en salir.

-Pero fui la última en entrar, ya deberían haber salido.

-No importa quién entra o sale primero. Importa encontrar el camino.

-¿Pero por qué no los ayudan? ¿No los escuchan?

-Nadie puede recibir ayuda dentro del laberinto.

-Eso es mentira- dije sin pensar, con la bronca galopándome en la boca- Lo hicieron conmigo, a mí me ayudaron.

Negó suavemente con la cabeza, a pesar de la bronca que salía de todo mi cuerpo. Me puse de pie, mi cuerpo entero tiritaba, no sabía si era el frío, la irritación o el cansancio.

-Nadie te ayudó ahí adentro.

-Pero el símbolo…

-Hay muchas maneras de encontrar la salida- me interrumpió- muchas maneras de perderla también, de eso se trata un laberinto.

-Pero alguien me marcó el camino, proyectando mi nombre.

-Lo que viste ahí adentro fue artificio tuyo. Nadie puede proyectar el nombre de alguien más.

-Yo no hice eso- dije con toda seguridad.

Me miró y suspiró lentamente.

-¿Quién sabe tu nombre, aparte de tu propia madre?

No respondí, las dos sabíamos la respuesta. Nadie. Ni siquiera mis amigos sabían mi nombre. Los nombres estaban prohibidos. Me quedé mirando esos ojos oscuros, buscando mi propio reflejo, buscando mis propios ojos, queriendo entender cómo esa magia era posible, cómo era posible que saliera de mí…

-¿Quién puede saber cómo tu nombre se escribe?- continuó- tu madre no lo sabe, nadie en La Gran Llanura sabe el arte de la escritura.

El silencio me cosió la boca. Sentí el aturdimiento vibrándome por dentro.

-Pero yo tampoco sé el arte de la escritura.

-Como tampoco sabés el idioma antiguo- replicó, diciéndome con los ojos que sabía lo que había pasado en la montaña- Vamos- dijo antes de que yo pudiese decir nada más- Te voy a mostrar dónde vas a dormir esta noche.

-No puedo ir. Tengo que esperar a que salgan mis amigos

-No hay nada que se pueda hacer por ellos- me dio la espalda y comenzó a caminar. Mi cuerpo dudó, sin embargo, la seguí.

-Pero van a salir, ¿no? Todos encuentran la salida al final, ¿no? - mi voz cantaba con ansia e inquietud.

-Dentro de la ciudad ya no rige más tu prohibición de hablar- respondió sin desacelerar el paso y sin mirarme- pero sería bueno que guardes tus preguntas, por lo menos hasta mañana.

-¿Qué pasa mañana?- no pude evitar preguntar. Una sonrisa muy pequeña y fugaz se dibujó en su rostro.

-Vas a conocer a tu maestra, a quien podés hacerle todas las preguntas que quieras- Se detuvo en la puerta de una enorme casa, las paredes estaban todas labradas con dibujos y palabras. Abrió la puerta y me señaló que entrara- ahora no más preguntas.

Atravesamos un gran comedor, los techos eran altos y las paredes contenían distintas imágenes llenas de color. Pasamos por distintas habitaciones y patios internos hasta que al fin abrió una última puerta para darnos paso a una habitación con cuatro camas. Me hizo pasar y sin decir nada más, cerró la puerta detrás de mí, dejándome sola en la habitación.

Llegué a la cama más próxima y dejé que todo el peso de mi cuerpo se desplomara sobre ella.

Al siguiente día desperté en la habitación para encontrar que todavía las otras camas estaban vacías. Me levanté de un salto y recorrí aquella casa que parecía otro laberinto en sí misma; las habitaciones se desplegaban una igual a la otra en la luz de la intensa mañana, y los patios con sus albercas se reproducían unos a otros como los colores de las alas de una mariposa. Era hermosa y extraña en muchas formas, se parecía a las imágenes de los edificios anteriores a la Gran Guerra, pero al mismo tiempo era mucho más, era una mezcla de distintas eras. Pronto descubriría, a medida que mis pies doblaran cada esquina y cruzaran las calles de piedra, que la ciudad era una mezcla de anacronismos que se extendía por la montaña.

La gran casa estaba vacía y yo extrañaba las voces de mis amigos. Salí corriendo y cuando quise saber a dónde me llevaban mis pasos vi la gran plaza circular de la noche anterior. Me senté en una roca aplanada frente a la salida del gran laberinto.

Me senté a esperar, a esperar por los demás jóvenes agua, a esperar por Calandria y Fueguero.

-De día no puede salir nadie del laberinto.

Una joven, algunos años mayor que yo, pero que recién se estaba abriendo en la plenitud de su belleza, me miraba parada a unos metros detrás de mí. Una extraña curiosidad mezclada con la anticipación de primavera brillaba en sus ojos casi del color de la miel.

-El laberinto sólo funciona con la luz de la Luna- quiso explicar señalando al sol, pero no sonaba muy segura. Me quedé mirándola sin cambiar mi expresión- pensé que te iba a encontrar en la Casa Aurora- volvió a decir, más nerviosa incluso- pero no estabas.

-¿Me estabas buscando?

Sonrió como hacen los niños, y su entusiasmo cosquilleó un poco.

-Pensé que no ibas a hablar- dijo casi riéndose, dejando caer los brazos.

Pero yo seguía mirándola con la pregunta en los ojos.

-Sí- dijo entendiendo mis ojos- yo soy tu maestra.

-¿Mi maestra?

-Sé que no parece, y está bien si estás nerviosa, yo estoy nerviosa- y volvió a soltar una risa cosquillosa- digo, es la primera vez que hago esto, que soy maestra.

El extrañamiento siguió creciendo en mi rostro y ella pudo percibirlo.

-Pero vamos a estar bien, te lo prometo.

Mi lengua se trabó, se quedó quieta como presa en una telaraña. Sus ojos me invitaban a abrirme, me recibían con la calidez de la cosecha y mi corazón se alegraba, pero también sentía cómo se llenaba de agua fría. Mi espíritu entero no sabía cómo responder a esta joven cuyo encanto, inexperiencia y novedad me sacudían de igual manera. Una sola cosa me era evidente; de todo lo que hubiera podido imaginar de cómo sería un maestro, nada se enlazaba a ella.

-Mi nombre es Unu- dijo acercándose más a mí.

La sorpresa le dio paso al espanto.

-Los nombres están prohibidos- dije alejándome más de ella.

-Cierto- dijo y se golpeó con una mano en la cabeza- que tonta soy, te tendría que haber explicado antes.

Pero yo no quería escuchar, seguí retrocediendo, sin saber a dónde ir. Sus ojos también se asustaron al ver que los míos se depositaban en lugares oscuros.

-No, no, no, no te asustes- dijo como si estuviera hablando con un animal herido y frágil- Acá las cosas son diferentes que en La Gran Llanura, acá los nombres no están prohibidos, decirlos nos ayuda a creer en nosotros mismos.

-Pero, pero… -empecé a decir.

-Sé que asusta- sus ojos volvieron a brillar con la calma y lentitud de una siesta de verano- yo también me asusté la primera vez. Cuando yo llegué estuve una semana sin hablar- sonrió ante el recuerdo- pero no hay nada de qué asustarse, menos conmigo- me tomó la mano con suavidad- la relación entre maestro y discípulo debe estar fundada siempre desde la confianza. Tenés que saber que yo nunca voy deshonrar tu nombre.

La sinceridad en sus ojos me ganó, la tensión de mi cuerpo fue aflojando como el curso de un río cuando toca la planicie. Y antes de que pudiera pensar, las palabras se me despertaron en la boca.

-Ara-dije- mi nombre es Ara.

Me dio una de sus sonrisas más grandes.

-Ara y Unu- dijo- Vamos a ser un gran equipo.

cuatro

El templo de la luna del sur era un lugar que vibraba a través del agua de su fuente y de la luz que ingresaba desde su cúpula. Era uno de los primeros espacios que Unu me había mostrado con su entusiasmo eléctrico.

-Acá vamos a pasar mucho de nuestro tiempo estudiando- había explicado.

Apenas puse mis pies en la primera escalinata, una energía desde el ombligo me empujó hacia adentro, arrastrándome, como si yo ya no dependiera de mi fuerza de voluntad, a un edificio circular con todas sus paredes cubiertas de libros y pergaminos, mientras que el techo se abría al cielo y permitía que en el centro del recinto un jardín de algarrobos milenarios se alimentara de la luz del sol.

En el centro del jardín, una fuente brotaba del suelo en forma de flor y regaba los árboles, las jarillas y retamas que impregnaban el lugar de aroma a lluvia. El lugar inundaba con estos encantos cada uno de mis sentidos. Sentía que todo ese espacio rimaba con mi nombre, con la felicidad y el dolor que llevaba dentro, con el entusiasmo de Unu mientras prácticamente corría de un lado a otro explicándome sobre la biblioteca, sobre el edificio, sobre las palabras. Pasé mi primer día, ahí, intentando entender y representarme todo lo nuevo que me llegaba del mismo modo que el agua fresca de las primeras lluvias en un año agua. Pero también me sumergía y me obligaba a sostenerme del aire, como en un aluvión repentino en el que apenas podía respirar.

-Entonces el templo de la luna es una biblioteca- dije en algún momento.

-No- respondió Unu con una sonrisa- es más que una biblioteca, es un espacio de devoción a la luna, lo que quiere decir, un espacio de devoción al conocimiento, a la palabra, al saber. Una vez que hagas el juramento, vas a poder acceder a todo este conocimiento, - recorrió con un movimiento del brazo todo el lugar- pero no sin un costo: si usás el saber acá guardado con los propósitos incorrectos, las palabras del juramento se volverán veneno en tu sangre…

El juramento, me había explicado Unu, se basaba en un rito en el cual yo debía aceptar y asumir mi nuevo lugar en la ciudad. Una vez que las palabras se dijeran, iba a pasar a ser una aprendiz, iba a conocer sobre la historia de la ciudad, la historia de los hombres y mujeres, y también sobre las palabras antiguas. Me iba a convertir en aprendiz de recordadora. La luna nueva iba a marcar la hora del juramento.

-Y este no es el único, hay cinco templos de la Luna, todos llenos de libros y secretos- dijo Unu sonriendo- pero este es mi preferido, es el único que tiene un jardín- se sentó al lado de uno de los árboles y me sonrió ampliamente.

Llevaba una semana en la ciudad de Horizonte Blanco y la casa de la Aurora, el lugar que iba a ser llamado mi hogar y el de todos los jóvenes agua que llegaran a la ciudad, era demasiado grande para los tres que la habitábamos. A la tercera noche, una joven de cabellos oscuros y piel pálida había salido del laberinto con los pies lastimados y el cansancio escrito en todo su rostro. No quiso hablar esa noche, ni los días que le siguieron. Se quedó acurrucada en su cama llorando canciones antiguas.

La mañana del sexto día encontré en la casa un muchacho lleno de barro seco y con el pelo engramado, comiendo todo lo que tenía a su alcance. Tampoco se había animado a soltarme alguna palabra o a mirarme a los ojos siquiera. Parecía que el laberinto le hubiera quitado algo para que el miedo le atara cada movimiento.

Y después nadie más había llegado a la casa. Sus habitaciones espaciosas y sus numerosos patios eran una burla al número de habitantes.

El sueño no quería encontrarme en mis primeras noches en la ciudad, cada vez que intentaba dormir, imágenes de La Gran Llanura acudían a mis pensamientos. El andar de mi madre entre el río, la risa de mi hermana, la calidez de mi abuela y sus figuras en el fuego de otros tiempos; veía los animales que teníamos en la casa, veía la imagen de un pequeño búho que me seguía con el vuelo y dormía en el árbol más alto frente a la casa. Por eso, cada noche me dirigía a la plaza circular, me sentaba a esperar y a dejar que mi angustia creciera noche tras noche, mientras el laberinto volvía a recobrar vida, los llantos reanudaban detrás de las paredes de piedra y la salida permanecía a oscuras, sin que mis amigos la atravesaran.

-No es bueno que vengas acá- Unu apareció detrás de mí una de esas tantas noches y me habló con una quietud poco común en ella.

-¿Es cierto lo que dicen? ¿Hay gente que nunca sale?

-No- se sentó al lado mío- todos salen, pero no todos llegan al mismo punto.

La ciudad, de alguna forma, era otro laberinto, me explicó esa noche Unu. Cada espacio tenía un propósito diferente. En cada lugar de la inmensa ciudad cada grupo crecía en armonía, y todos juntos éramos como las ramas de un gran árbol.

-El laberinto nos pone a prueba, mide nuestras fuerzas y nuestros miedos, nos ayuda a llegar a donde tenemos que llegar; no todos tienen el mismo destino. Los que terminan en esta plaza son los que tienen que acceder a los templos de la luna.

-¿Para ser recordadores?

-No, no todos van a ser recordadores, ese va a ser tu oficio, pero acá llegan también los constructores, los que se convertirán en guardianes de la ciudad…

-¿Guardianes como vos?

-Sí, como yo, pero los agricultores, los cuidadores de los animales sagrados, los artistas, los protectores del agua y muchos otros van a otras partes de la ciudad, incluso a las afueras, en los valles circundantes.

Esa fue la noche en que el dolor que me surcaba por todos lados se hizo un poco más de arena y la idea de que mis amigos quizás ya habían salido del laberinto suavizó el continuo pinzamiento.

-Pero… ¿voy a volver a verlos?

-No sabría decirte, puede que sí, puede que no, dependiendo del oficio que les toque, dependiendo de la parte de la ciudad en la que se encuentren. Hay lugares de la ciudad que no se conectan entre sí, y que no podemos visitar.

-Es muy cruel, ¿por qué mantenernos separados, si somos todos hijos de la misma luna?

-Sé lo que sentís.

-No lo creo.

Unu sonrió tristemente.

-Estuve acá también hace ocho años atrás… después del último año agua. También vine a esperar por las noches y escuché los lamentos, incluso intenté entrar varias veces, pero el laberinto no me dejó. También salí en la primera noche pensando que había alguien ayudándome.

-¿Viste tu nombre?

-¿Así fue como saliste del laberinto?- preguntó sorprendida- no, ese no fue mi caso, pensé que alguien me iluminaba los pasillos, los que tenía que seguir eran más brillantes, como iluminados por la luna.

-Entonces vos seguiste a la Luna- concluí.

-Y vos buscaste tu nombre.

Nos quedamos en silencio mientras el murmullo llegaba desde el laberinto, y el viento frío nos acariciaba la cara. Una lágrima recorrió la mejilla de Unu para después desprenderse y chocar contra el suelo.

-Yo venía a esperar a mi hermano- susurró- entré antes que él y nunca lo volví a ver.

La hermosa y siempre entusiasta Unu se quebrantaba ante el recuerdo, la joven, que sólo me había rodeado con alegría, tenía dentro de sí dolores que se rompían y volvían a cortar, dolores mucho más profundos que los míos.

-Somos mellizos- dijo como si tuviera que explicarme algo- crecimos siendo mejores amigos, y cuando nos despedimos de nuestra madre en la laguna nos consolamos sabiendo que nos teníamos el uno al otro, nunca pensé que una vez que llegáramos a la ciudad no… no… íbamos a estar en el mismo lugar.

Esa noche me sentí como una ingrata que no aceptaba el silbido de la cosecha. Yo lloraba amigos que me habían acompañado durante el viaje, compañeros que habían surgido del dolor compartido, pero Unu había perdido sangre de su sangre, y hablar de su hermano equivalía tanto dolor como para mí era hablar de mi madre.

Hay angustias profundas que brillan detrás de las sonrisas y se arraigan en cada vuelo de las manos, se vuelven parte de uno mismo y hacen que la alegría sea más alegría y que otras tristezas se lleven con la espalda derecha… Eso me enseñó Unu esa noche. Entendí por qué había ido a buscarme en la oscuridad de la plaza, su función como mi maestra era llevarme por el camino de la sabiduría, y esa noche me mostraba que la pena no podía hacerse tan grande y ser más pesada que mi propio nombre.

Después de esa noche no volví a la plaza, pero sí susurré en el viento palabras para mis amigos, palabras llenas de aliento, esperanza y agua.

Era luna nueva, la noche estaba oscura y las antorchas brillaban a nuestro alrededor. Cinco éramos los que habíamos salido del laberinto a esa parte de la ciudad. Los últimos dos jóvenes habían salido en las últimas dos noches; todavía no se habían recuperado del trauma y apenas habían hablado con los demás.

Ninguno de ellos era Flueguero o Calandria. Después de la última noche, el laberinto se silenció y supe que ya todos habían salido.

Los cinco jóvenes agua estábamos en el templo de la Luna que residía en el centro de la ciudad. El templo, al igual que los edificios que lo circundaban, había sido construido con piedras blancas como el amanecer, y le habían dado a la ciudad el nombre de Horizonte Blanco. Esa era la parte más antigua y el corazón de la ciudad.

Estábamos reunidos en el ombligo del templo, bajo un cielo oscuro y sin nubes. El centro de este templo consistía en una plaza, también circular, que giraba en torno a una fogata. Nos habían posicionado en distintos círculos alrededor del fuego, de modo tal que frente a mí se sostenía la pequeña joven de cabellos oscuros, de rostro pálido y frágil que había salido en la tercera noche. Sus ojos me devolvían la mirada, ahora mucho más pacíficamente que en los días de su llegada. Unos metros más a su izquierda, se mantenía de pie y con la mirada fija en las llamas el joven que había llegado durante la quinta noche, mientras que, a mis costados, con los codos y pies todavía lastimados estaban dos muchachos que habían arribado en los últimos días. Sus ojos observaban su alrededor desorbitados, sin entender en dónde estaban ni por qué.

Detrás de nosotros se encontraban los maestros, todos vestidos de la oscuridad como la noche. A nosotros, en cambio, nos habían vestido de luna. En el centro, junto al fuego, se encontraba un hombre de edad avanzada. Él era el guardián de más edad de la ciudad, Nueguen; lo seguía la mujer que me había recibido la primera noche en la plaza, Nilin era el nombre que la guiaba, y según el relato de Unu, era la guardiana principal de la ciudad, con todos sus roles activos. Sin embargo, se encontraba ausente en nuestro ritual. Después de ella Tarat, maestro de Unu, la seguía en jerarquía. Él estaba presenciando el juramento desde la distancia, guardado casi en la oscuridad del templo. Finalmente, mi maestra era la cuarta y más joven guardiana de la ciudad. Estaba sólo a unos pasos detrás de mí y me miraba con alegría. Nueguen presidiría nuestro juramento.

-Queridos jóvenes- empezó el anciano- Sé que éstas han sido semanas difíciles para ustedes, pero llegar a Horizonte Blanco implica sacrificio, y les prometo que con el tiempo, éste será recompensado- Nueguen se movía lentamente y sus manos blancas no podían desprenderse de su rigidez- Mi nombre es Nueguen, soy un guardián de la ciudad y su servidor- apenas dijo su nombre el resto de los jóvenes se estremeció,- y en cuanto ustedes pronuncien el juramento, se convertirán también en servidores de la ciudad, en sus protectores y en enemigos de la guerra. Es necesario que cada uno de ustedes se comprometa con su oficio, el servicio de todos juntos es lo que nos permite honrar a Mevem y a esta ciudad, y permitirle a la gente de La Gran Llanura vivir sin las garras de la guerra.

Nos dio la espalda y enfrentó al fuego, pronunció palabras antiguas que no pudimos entender y el fuego se volvió azul y disminuyó notablemente su tamaño. Un hombre delgado se acercó a él con un gran libro y esperó por las palabras del anciano.

Señaló a uno de los muchachos a mi costado, y le pidió que se le acercara.

-¿Cuál es tu nombre muchacho?

El joven palideció, bajó la mirada y se enfocó en sus pies.

-No tengas miedo, tu nombre va a estar seguro en la ciudad, ahora tu nombre es la guía de tu espíritu y el escudo de tus días, ya no tenés que tener miedo de tu nombre, es hora de que lo dejes libre, sólo así, vas a poder seguirlo.

-Drerd

El hombre delgado y con ojos que lo emparentaban con un sapo, comenzó a escribir apenas Drerd pronunció su nombre. El anciano volvió a pronunciar palabras antiguas dirigiéndose al cielo, y luego al fuego, que bailó y brilló de una manera peculiar. En la lectura del fuego, me había contado Unu, el guardián podía descifrar el destino de cada uno de nosotros. También Neuguen y Nilin habían utilizado el fuego, en los días de nuestra llegada, para saber nuestro oficio y asignarnos, a cada uno el maestro que iba a ser nuestra guía y nuestro amigo. En ese momento, el anciano volvía al fuego una vez más para que le confirmara las señales y nos bendijera en el nuevo camino.

-Drerd, bienvenido, hijo, a partir de hoy te formarás para ser un constructor, ¿prometés respetar tu nombre y tu oficio?

-Na Saimawá- respondió con las palabras que nos habían indicado, y después volvió a su lugar.

Ahora era el turno de la joven de cabello oscuro.

-Trart

Trart pronunció su nombre sin el miedo que le silbó a Drerd. Neuguen observó el fuego, y le dio el mismo destino que al joven anterior: constructora. La joven sonrió satisfecha.

-Nai Saimawá -pronunció las palabras antiguas y volvió a su lugar.

Noson era el nombre del joven de la quinta noche, y se convertía, a partir de ese momento en escriba, tal como el hombre delgado que anotaba símbolos en el gran libro.

Reger era el nombre del cuarto muchacho. Iba a convertirse, después de años de estudio, en protector y maestro de uno de los templos de la luna.

-Ara- dije finalmente mirando a los ojos casi transparentes de Neuguen, para darme cuenta finalmente de que estaba ciego.

- Ara- volvió a decir, susurrándole al fuego, que se volvió una llamarada fina y anaranjada, como una pequeña pluma de viento- bienvenida, hija, a partir de hoy te formarás para ser recordadora, ¿prometés respetar tu nombre y tu oficio?

-Nai Saimawá- respondí y con esas simples palabras me convertí en la última recordadora de Horizonte Blanco.

La casa Aurora estaba mucho más animada y colorida después del rito. Un banquete había sido dispuesto para festejar junto con nuestros maestros. Incluso Reger y Drerd habían despertado en el entusiasmo y comían con voracidad.

Nuestros maestros estaban ahí con nosotros, compartiendo nuestra alegría y contando anécdotas de sus primeros días en la ciudad. Todos estallaron en carcajadas cuando Unu dijo que al salir del laberinto había pensado que Nilin era la mismísima diosa Luna.

Después, los demás maestros empezaron a hablar de sus oficios. Los constructores se encargaban de continuar levantando las paredes, templos y casas en la ciudad. Necesitaban de las palabras para poder construir muros y edificaciones que protegieran a cada habitante. Los maestros de los templos aprendían diferentes cantos que ayudaban a proteger la urbe, como también a enseñar los saberes más antiguos y poder ser ellos la vía de transmisión. Los escribas llevaban registros de la población de la ciudad, iban observando su crecimiento paulatino y eran quienes aconsejaban a los constructores en las necesidades del pueblo. Mevem había sido la primera constructora, la primera guardiana, la primera recordadora.

-Ella construyó el laberinto- dijo uno de los maestros constructores.

-¿Por qué tanta crueldad?- preguntó Trart en una frase seca y brusca, sin poder evitar que las palabras se le salieran.

-El laberinto es una de las construcciones más increíbles de esta ciudad- defendió el maestro constructor- nos pone a prueba, es cierto, pero también provee agua y comida a los sedientos y hambrientos. El laberinto ayuda hasta que cada uno encuentra su propio camino.

El silencio se hizo entre los jóvenes, mirábamos el piso o la ventana, hablar del laberinto era algo difícil para nosotros, incluso para mí. Desde la noche en que Trart había llegado, con sus pies heridos y su espíritu turbio de tormenta, una sensación de culpa se había sentado sobre mi falda, y me impedía, a través de la vergüenza, confesar que sólo había pasado un par de horas atravesando el laberinto.

-Ese lugar era una tortura- dijo Reger después de un momento- yo marcaba las paredes, pero cambiaban de lugar constantemente.

-Intentabas seguir la lógica- dijo Unu- tan típico de un constructor, pero no es como el laberinto funciona.

Reger sonrió y los demás sonreímos también.

-Es cierto- dijo Reger- sólo cuando me di por vencido y dejé de aplicar mi sistema encontré la salida.

-Y eso quiere decir que sos todo un cabeza dura- respondió Unu y todos volvimos a reír. Reger había sido el último en salir del laberinto, dos noches antes del juramento.

-¿Por qué Mevem construyó el laberinto?- pregunté.

-Fue después de la rebelión- respondió Unu- Con el laberinto Mevem se aseguraba de que sólo los hijos de la luna entraran a la ciudad; se aseguraba de que ningún enemigo pusiera un pie dentro de estas murallas- una mirada triste pasó por los ojos de Unu por un instante.

-¿Qué enemigos? ¿La gente de la llanura?- volví a preguntar. Una tensión comenzó a crecer entre nosotros y nos quitó un poco la capacidad de respirar.

-No, el laberinto también protege a la gente de la llanura, nos protege a todos, pero no podemos saber qué oscuridades pueden anidar en el corazón de un hombre- respondió uno de los maestros constructores.

-Tal vez más adelante nuestra nueva recordadora pueda contarnos esa historia un poco mejor.

Todos pusieron sus ojos en mí, y sentí que el fuego subía por mi cara. En ese momento, ninguno de los jóvenes podíamos adivinar cuál era la verdadera importancia de alguien que recordara la historia de una ciudad. Pero los ojos de los más adultos se llenaban de seriedad cuando mencionaban mi tarea.

Quien había llevado el oficio en su nombre anteriormente había muerto tres meses antes de mi llegada, a una edad muy avanzada. La ciudad necesitaba un nuevo recordador, y el laberinto les había dado una. Pero antes de llegar a eso, antes de que cada uno de nosotros se convirtiera en constructor, escriba o recordador, teníamos que aprender a leer los símbolos y saber sus significados, a poder usarlos y escribirlos. Sobre todo, nos iban a enseñar a respetar el poder que trascendía desde atrás de las palabras.

En nuestra primera semana como aprendices actuábamos como si fuésemos niños tierra que acababan de descubrir el barro. La ciudad, en este caso, era nuestra materia prima. Íbamos de un templo al otro, donde tomábamos nuestras distintas clases, corriendo y gritando. Los adultos nos miraban con expresiones que iban desde la sorpresa, a una disimulada diversión y hasta el horror mismo.

Nos había dado alegría en todo nuestro espíritu cuando nos habían comunicado que durante nuestra primera etapa de estudios todos íbamos a tomar las mismas clases como grupo. Permanecer juntos, a pesar de lo poco que nos conocíamos, era, para nosotros, un recordatorio de nuestra identidad, era tener cerca La Gran Llanura y a aquellos amigos que ahora no estaban presentes.

Drerd era el más alto del grupo, tenía brazos largos y fuertes gracias a los ríos, alegaba él. Venía del norte de La Gran Llanura, donde los afluentes eran tan amplios y tan profundos que parecían mares. Nos contaba que allá en su pueblo había sido uno de los mejores nadadores, y que su padre le había enseñado sobre el arte de la pesca. Ahora estaba encerrado en la roca. Se le notaba el espíritu aprisionado cada vez que la nostalgia hablaba por él. La gran laguna lo llamaba a menudo, incluso ahora que el frío llegaba y se instalaba, incluso en medio de las tardes; y lo veíamos nadar en la calma lisa de la laguna.

Reger era un excelente escalador, había vivido cerca de las montañas, pero mucho más al norte de Horizonte Blanco, en un valle rodeado de desiertos. Estar inmerso en la montaña desafiaba su espíritu, y por donde fuese que nos moviésemos siempre estaba intentando escalar algún muro o edificio para poder mirar más allá de la línea de edificaciones.

-¡Ara!- gritó y me extendió una mano. La tomé y me ayudó a subir por una de las paredes.

Volvíamos de estar cada uno con sus maestros y atardecía. Reger me mostraba cómo el sol iba pintando distintas tonalidades en la montaña y en la ciudad misma. Me mostraba todos los matices, los grises, los rojos y los amarillos que se mezclaban y morían en el anaranjado del sol. Miraba hacia lo lejos y después sus ojos encontraban los míos, su mirada era un reflejo del sol que por momentos era difícil de sostener.

La ciudad se había vuelto un torbellino de sensaciones. Había costumbres y lugares que eran casi el ocaso a las formas que traíamos de La Gran Llanura. En nuestros hogares la gente cultivaba el silencio, y construíamos siguiendo la línea de la tierra, viviendo con el alma de la naturaleza. Las palabras que los pueblos de La Gran Llanura poseían se pasaban de persona a persona con sumo cuidado, casi de contrabando. En cambio, en la ciudad, si bien regían los mismos nombres sobre la naturaleza, los hombres y mujeres se habían propuesto alzar la palabra, alzarse a ellos mismos en la naturaleza y mostrar su fuerza y capacidad. Toda la ciudad, cada uno de sus rincones, era un atisbo de grandeza, donde el conocimiento se mostraba y se pintaba en las paredes.

Noson era el único que aún mantenía las palabras para sí mismo. Caminaba con nosotros pero sus pensamientos no nos acompañaban, parecían estar sirviéndole a cualquier pretexto ajeno al contexto que lo rodeaba, a nosotros y probablemente, a sí mismo también. Se había mantenido tan centrado en alguna imagen lejana, que todavía no sabíamos de qué parte de La Gran Llanura venía, ni cuántos hermanos tierra había dejado. Cada vez que me acercaba e intentaba animarlo a usar las palabras, sólo asentía o respondía con los ojos, como si fuese un niño tierra.

Trart y yo ya nos habíamos hecho amigas de raíces sólidas; muchas noches nos habíamos quedado hablando durante horas, disfrutando de la exquisitez de la palabra de una forma que nunca nos había parecido posible cuando vivíamos en La Gran Llanura. Nos contamos recuerdos que pensábamos que ya no nos pertenecían, pero el lenguaje había llegado a nuestros pensamientos, los había invadido e impregnado y de pronto llegaba a partes que creíamos enterradas. Memorias de cuando éramos muy pequeñas se llenaban de colores, de sensaciones y hasta de olores que antes no habíamos sabido nombrar.

Trart, al igual que yo, provenía del centro de La Gran Llanura. Habíamos vivido relativamente una cerca de la otra, pero el tiempo había esperado hasta ese momento para juntarnos. Trart era pequeña, apenas traspasaba la altura de mi hombro; su cabello oscuro y lacio era tan largo, que incluso ordenado en una trenza le llegaba a la cintura. Su forma de moverse era suave como las ondulaciones del sauce. Era divertido ver cómo contrastábamos en casi todo tanto físicamente como en nuestras personalidades y, sin embargo, podíamos estar horas hablando y riendo.

La casa Aurora estaba diseñada para alojar a cientos de jóvenes, en vez de sólo cinco almas inquietas. Podríamos haber tomado cada uno una habitación distinta, en un patio distinto, y aun así sobrarían muchas más. Sin embargo, quizás por nuestra costumbre en La Gran Llanura, Trart y yo dormíamos juntas, en la misma habitación que me habían indicado en la primera noche. Reger y Drerd habían ocupado una habitación del otro lado del patio. Sólo Noson había elegido mantenerse apartado y dormía en una de las habitaciones cercanas al primer patio de los ocho que componían la gran casa.

Todas las mañanas, cuando despertábamos, encontrábamos en el comedor generosas cantidades de fruta, leche de cabra, nueces, y pan de algarroba, sin saber de quiénes eran las suaves manos que ahí los depositaban. La abundancia era también algo nuevo para la mayoría de nosotros.

Cada día caminábamos al templo del norte, donde nos enseñaban a leer y a escribir la lengua común. Al concluir la segunda semana, ya podíamos dibujar nuestros propios nombres con manos temblorosas y entender los símbolos del alfabeto. La emoción corría por todo nuestro cuerpo y le daba electricidad a nuestra curiosidad.

Nuestra maestra, una mujer con el cabello del color de la plata misma y con ojos enérgicos, debía llamarnos la atención de vez en cuando, debido a que hurgábamos entre los libros a pesar de que todavía no podíamos entender las palabras que se dibujaban en sus páginas. Intentaba ser severa, pero no podía dejar de mostrar cierto brillo en los ojos, cierta sonrisa disimulada por el hambre de nuestra curiosidad.

Alila era su nombre, guardaba el templo del norte y era la encargada de enseñarnos a leer y a escribir. Ese era el plan a seguir, me había dicho Unu, recorreríamos los distintos templos y en cada uno aprenderíamos algo diferente. Y así sería por un largo tiempo.

-¿Y qué pasa después?- le pregunté a Unu- ¿Qué pasa cuando terminemos de pasar por los cinco templos de la Luna?

-Entonces viene la parte emocionante- respondió- empezás a estudiar para ocupar tu oficio. Empezás a convertirte en recordadora.

Todas las tardes Unu venía por la casa Aurora y paseábamos por las calles de la ciudad. Me mostraba sus lugares preferidos, que generalmente eran pequeños rincones, poco frecuentados, lugares algo melancólicos que para los demás pasaban desapercibidos, pero que tenían cierta magia trazada en sus tristezas. Una de esas tardes estábamos en la muralla occidental y de la pared surgía una vertiente de agua que caía en una fuente que parecía haber brotado, como por arte de magia, de la pared y la tierra, en forma de una flor abierta para recibir el agua.

-Elegí bien tus preguntas- me amenazó Unu sentándose en el costado de la fuente. Metió los dedos en el agua y empezó a juguetear con la corriente. Habíamos llegado a un acuerdo, yo podía hacer sólo cuatro preguntas por día. En un primer momento habían sido tres, pero mi curiosidad e insistencia iban más allá que su determinación.

-¿Dónde están los demás chicos agua?

-Ya te dije que eso no puedo saberlo.

-No- respondí negando con la cabeza- no los que vinieron conmigo. Pensé que cuando llegara a la ciudad me iba a encontrar con otros jóvenes agua nacidos acá, pero no he visto ninguno, ¿y acá no nacen niños tierra?

-Ara ya hablamos de esto, no vale meter dos preguntas en una.

-Bueno- respondí desganada- respondeme la primera parte, ¿dónde están los jóvenes agua nacidos acá?

-En esta parte de la ciudad la natalidad es muy baja y muy controlada- respondió Unu- los niños agua nacidos acá pasan por otro proceso de selección, es decir, no entran al laberinto y aprenden a leer y a escribir mucho antes que los que vienen de La Gran Llanura. Los que tienen oficios diferentes abandonan esta parte de la ciudad, siguiendo su destino; los que se quedan, ya están aprendiendo el signo que esconde sus nombres; están mucho más avanzados que ustedes, por eso no los ven.

-¿Entonces hay más jóvenes?

-¿Esa es tu pregunta número dos?

-Sí... no

-Sos muy tramposa- dijo Unu riéndose- sí, hay más jóvenes, creo que son seis en total. Cuatro nacieron en esta parte de la ciudad y los otros dos llegaron desde otras partes un poco antes que ustedes

-¿Y en dónde están? ¿Por qué no se quedan con nosotros?

-Se alojan en una casa en el norte de la ciudad, están separados porque, como ya te dije, ellos ya están aprendiendo sus oficios.

-Entonces, ¿son mejores que nosotros?

Unu soltó una carcajada.

-No, por supuesto que no- me miró con su expresión de cariño- no creo que ninguno de esos chicos sea tan increíblemente curioso como vos; sos igual que una espina en la planta del pie que, aunque la saques, deja la ponzoña. La fuerza, incluso la sabiduría, viene del espíritu, no de otro lado. Y con esta última respuesta, lamento decirte, que se te acabaron las preguntas.

-¡No!- protesté.

Pero mi maestra se movía de nuevo a la casa Aurora, no tuve más opción que seguirla arrastrando los pies.

-¿No nacen niños tierra acá?-pregunté despacito.

-No- respondió Unu con la seriedad en el semblante- no desde la separación de los pueblos.

Había pasado toda una luna cuando una mañana, de pronto, me quedé sin aliento, ahí, sentada en el templo de la Luna. Fue un instante, el revoloteo de una abeja, y luego un golpe en la consciencia. Todos los sonidos se convertían en letras y las letras juntas ahora formaban sonidos y estos anidaban en el significado. Lo que antes me habían parecido dibujos en el papel, ahora eran, por fin… ¡palabras!

-Puedo leer- dije casi en un susurro- ¡Puedo leer!- dije una segunda vez despertando el grito.

Alila se sentó junto a mí y escuchó cómo, torpemente, atropellándose, las palabras salían de mi boca. Un instante después, todos estaban alrededor mío, escuchándome. Terminé de leer y una lágrima caía por mi mejilla, y no podía pronunciar palabra alguna.

cinco

Un par de días después de que los signos empezaran a fluirme delante de los ojos, casi al mismo tiempo, Trart y Drerd también comprendieron las palabras y comenzaron a leerlas. También pronto lo hizo Reger, de modo que recorríamos la biblioteca sacando libros y leyendo historias sobre los tinguiritas, antiguos dueños de la tierra, duendes que ayudaban a la naturaleza, o sobre la mítica ciudad de Erks, sobre el origen de los acuná, de los otomoros, o sobre el canto del Jonto... ahora podíamos leer todas las historias que de niños nos mostraron nuestros abuelos entre las sombras del fuego.

Sólo Noson se quedaba a un costado, escuchaba las historias y sonreía de vez en cuando, quizás recodando fragmentos de su propia niñez; pero no se acercaba a los libros ni intentaba mirar las marcas en las páginas.

-Noson- le dije una tarde en la casa Aurora.

Le había pedido a Alila que me permitiera llevar uno de los libros, y había esperado bastante tiempo para encontrar a Noson solo.

-Traje un libro desde el templo- estaba en uno de los patios, sentado cerca del aljibe, me senté al lado de él.

-¿Son de los que tienen imágenes?- preguntó.

-No, pero es de cuentos.

-No me interesa- se levantó bruscamente.

-No hace falta que vos leas, yo leo despacito y vos mirás, nada más.

-¿Por qué me querés ayudar Ara?

-¿Por qué no querés que te ayude? ¿Por qué no querés aprender?

-Las letras no son para mí.

-¿Cómo pueden no ser para vos? ¡Vas a ser escriba!- dije levantando la voz, pero inmediatamente me arrepentí de mi impulso y agregué más suave- está en tu nombre.

-No, se van a dar cuenta y me van a mandar de vuelta a La Gran Llanura.

-¿Eso querés? ¿Volver?

-Es lindo acá, pero yo no pertenezco a este lugar.

-Todos pertenecemos... Noson, ni siquiera lo has intentado.

-¡No quiero!- dijo casi gritando y, asustándome, salió del patio casi corriendo en dirección a su habitación, lo seguí lo más rápido que me respondieron las piernas en medio de la sorpresa. Cuando alcanzó su habitación quiso cerrarme la puerta en la cara, pero lo frené antes y me metí en la habitación empujándolo.

-¿¡Pero qué te pasa!?- ahora yo era la que gritaba, y el calor me arañaba las mejillas- Dejá de portarte como niño caprichoso y explicame.

Me miró asustado, tal vez porque nunca antes me había visto enojada, tal vez porque lo estaba obligando a enfrentar la parte oscura de su miedo. Se sentó en la cama, se miró las uñas, y después de un momento lo dijo.

-Hice trampa.

Y se llamó de nuevo al silencio.

-¿Cómo que hiciste trampa?

-En el laberinto- las palabras se le deslizaban despacio, no me miraba a los ojos- Pero primero... quiero hablar del viaje, el viaje fue muy largo, y yo estuve solo. No pude soltar la lengua, como los otros, no pude soltarme como tu amigo besado por el fuego, que iba y venía, ligero en las palabras y en las miradas. Yo quise hablarles, pero mis palabras… no las escucharon, yo quise hablarte…

Empecé a sentir una sensación rara en el estómago, pero no podía decir nada, las palabras se me enredaban en la garganta y echaban raíces. Seguí mirándolo, aunque él no me mirara, hasta que siguió hablando.

-En el camino los miré de cerca, y me llené de palabras amargas, porque no podía hablarles y ser uno, como eran ustedes. Yo quería ser parte de la risa, pero me llené de palabras, palabras amargas que repetí cada vez que me dolió el corazón. Cuando entré en el laberinto, me perdí, no sólo entre las paredes, me perdí en mi mente, me olvidé de mi nombre… me olvidé del hambre, de los signos de mi madre… me llené de odio hacia la ciudad y el laberinto… hasta que lo vi, el chico besado por el fuego, y pensé que yo podría haber sido él… estaba llegando a una salida, a una salida que estaba seguro que se cerraría una vez que la atravesara…

Yo me había convertido en piedra y no podía hablar, tampoco llorar.

-Le tiré una piedra, una muy grande y le pegó en la cabeza y se cayó hacia atrás, y después… después una planta salió no sé… no sé de dónde y lo cubrió todo y se lo llevó, lo hundió en la tierra- y finalmente me miró con los ojos llenos de lágrimas- yo lo maté- dijo- maté al chico cabeza de fuego… y después salí por el túnel y llegué acá en su lugar.

La sensación rara en mi estómago siguió creciendo. El fuego que antes me había arrebatado se había ido demasiado pronto, y un frío me recorría por todo el cuerpo.

Es curioso cómo recordamos la realidad, cómo la reconstruimos según las emociones que se vuelven nuestros regimientos. Solemos pensar que el río es el que elige el camino, pero si hay una depresión en el terreno, el agua no hace más que aceptarlo y caer. Después sí, es cierto, si se encuentra una roca se hará paso a través de ella, pero el agua no hace más que bajar al ritmo que la tierra le susurra. Pero no nos gusta ver el río de esa manera, a la merced de la montaña, porque lo encontramos ya hecho camino, lo encontramos en la voluntad del sendero, y nos gusta pensar que el agua eligió y se abrió el paso. Noson eligió ver competencia e indiferencia donde no la había. Yo había decidido que la primera vez que había escuchado su voz había sido dentro de la ciudad.

Me levanté despacio, mi cuerpo me pesaba demasiado, y salí de su habitación sin mirarlo, sin decir palabra. Él se quedó estático mientras las lágrimas seguían surtiendo.

Salí de la casa y corrí. Llegué a la plaza circular y me detuve por un momento a comprobar si todavía era capaz de respirar, a aclarar mi mareo incesante y la náusea que me agalopaba en la garganta. Cuando me sentí otra vez parte de mí misma, crucé la plaza y me sumergí en un par de calles angostas. Finalmente entré sin golpear en una casa pequeña de grandes ventanas. Era la casa de Unu. Entré de golpe, y del mismo modo me detuve. Unu me miró; un hombre de un poco más de treinta años estaba muy cerca de ella y sostenía a mi maestra de la cintura. Apenas el hombre me vio la soltó y puso sus ojos en mí de tal manera que era difícil de leer.

-¡Ara!- dijo Unu sorprendida y avergonzada.

Quise decir algo pero Unu volvió a hablar antes que las palabras se decidieran a salir.

-Éste es Tarat, mi maestro.

-Es un placer conocerte- me dijo Tarat con una sonrisa fugaz- Unu me decía que sos muy especial.

Miré a Unu y después de nuevo a Tarat. Era alto y tenía perfiles angulosos; sus ojos brillaban en su rostro oscuro y apuesto.

-Perdón por entrar así- dije dirigiéndome mayormente a Unu, aunque mi costumbre en los últimos meses había sido exactamente esa, entrar como si fuese mi casa materna- no sabía que…

-No hay problema- dijo Tarat- ya me estaba yendo.

Tarat hizo una reverencia a la que nosotras respondimos y se perdió tras la puerta, dejando que el silencio y la incomodidad fueran parte de nosotras y no de él.

-Unu- dije intentando disculparme. Pero Unu sonrió y me hizo un gesto con la mano.

-Tarat puede ser un poco intenso- dijo- pero no hace falta que pidas perdón.

-Necesito hablar con vos- dije queriendo cambiar el tema lo antes posible. Le relaté lo que había pasado en el laberinto con Noson y Fueguero —Algo está mal, el laberinto se equivocó.

Unu se quedó un momento en silencio, con la mirada clavada en la pared y con ojos serios, extraños en ella. Su pensamiento, como sus pasos, eran una tormenta que iba de un lugar a otro sin reposo.

-El laberinto no se equivoca- dijo después de un rato, aunque su voz sonaba chata saliendo de sus labios, como cuando se repite una plegaria en la que uno ya no tiene el corazón puesto.

-Pero algo malo pasó, ¿dónde está Fueguero? Él iba a salir a esta plaza... a esta parte de…

-Ara- dijo con un tono que intentaba tranquilizarme- el laberinto está construido sobre palabras muy antiguas, sobre magia muy poderosa, no puede haberse equivocado. Quizás tu amigo esté en otra parte- comenzó a morderse las uñas de las manos- lo que en realidad me preocupa es Noson, no podemos entender por qué el laberinto lo dejó salir acá después de lo que hizo. Seguro hay una razón, pero la violencia no es un buen rasgo para los ciudadanos de Horizonte Blanco.

-Por eso no ha aprendido, porque la culpa lo está quemando por dentro.

-Hay que determinar si fue un hecho aislado, o si se puede repetir. Hay que llevarlo con Neuguen.

-¿Y qué pasa si Fueguero está todavía en el laberinto y no ha salido?

-Esas cosas no pasan, todos salen del laberinto. Sólo una vez alguien no ingresó a la ciudad, pero fue hace más de cien años atrás y sucedió porque no era hijo del agua, el laberinto lo devolvió a La Gran Llanura- sus palabras se asemejaban a un susurro lejano, como un verso demasiado ensayado.

-¿Y no podemos entrar en el laberinto sólo para estar seguras?

-No Ara- Unu se llenó de seriedad- es peligroso entrar en el laberinto una vez que está dormido, te podés perder por mucho tiempo- suspiró- no seas tan ansiosa, necesito hablar con Tarat y con Neuguen- se puso de pie y yo hice lo mismo, nos dirigimos a la puerta- te veo en un rato en la casa Aurora.

Volví a la casa, pero no entré, la mano que empujaba la puerta se detuvo y se volvió hacia atrás. Adentro estaba Noson, sabía que su culpa era como las termitas que atacan un árbol, lo dejan hueco y secan las raíces, aunque por fuera todavía se mantenga de pie. No estaba segura de que pudiera ofrecerle alguna palabra que le sirviera de alivio. Mis propias emociones se habían estancado y ya no fluían.

Abrí la puerta al fin, me moví lo más rápido y silenciosamente que pude hacia mi cuarto. Cuando pasé por la habitación de Noson, las puertas seguían cerradas. Entré a mi cuarto y me encontré con Trart que estaba en su cama practicando la escritura sobre hojas de papel.

-¿Qué pasó?-me preguntó en cuanto vio las marcas de mi rostro.

-¿Has visto a Noson?

-No, desde hace rato, ¿por qué? ¿Qué pasó?

-Intenté enseñarle a leer…-empecé a decir- pero no… no…

La preocupación se desvaneció de todas sus expresiones.

-Sí, ya sé, pero no sé por qué lo intentás, me parece que no quiere aprender.

-Sí… -respondí. No podía contarle nada más a Trart, sentía que ya haberle contado a Unu era una especie de traición.

Me senté en la cama y me puse a ojear uno de los libros de lectura que había llevado a la casa Aurora. Era muy viejo y estaba repleto de las leyendas comunes. Ya había aprendido a seguir las palabras sólo con mis ojos y no con mi voz; había aprendido que las palabras hicieran eco por dentro y no por fuera. Me quedé leyendo hasta que se me cerraron los ojos y me quedé dormida con la cabeza apoyada en el libro.

-Ara.

-¡Ara!

Trart me sacudía. Abrí los ojos y encontré los suyos.

-Unu y Neuguen te esperan en la sala, también buscan a Noson pero no lo encuentran.

-¿Qué?- las palabras me llegaban con lentitud y se disolvían antes de que pudiera entenderlas.

-Te buscan, y a Noson también, pero no está en la casa. Nadie sabe a dónde se fue.

Me levanté saltando y me mareé un poco al ponerme de pie. Llegué a la sala y encontré a Neuguen y a mi maestra sentados en los almohadones en el suelo. El anciano, aunque sabía que sus ojos estaban nublados ya permanentemente, me miraba fijamente, y extrañamente, seguía cada uno de mis pasos. Me senté frente a ellos, los dedos de Unu eran recorridos por el nerviosismo. Sus ojos también estaban en mí.

-Ara- empezó Unu- le conté a Neugen lo que me dijiste más temprano, vinimos a buscarlos a los dos, pero no encontramos a Noson.

-Apenas terminé de hablar con él fui a buscarte- le respondí a Unu.

-¿Dónde crees que puede haber ido?- me preguntó Neuguen con la calma de un lago en un día sin viento, donde el agua se convierte en espejo y refleja el cielo.

-No sé…

-No intentes pensarlo demasiado, solamente deja que la palabra fluya.

-El laberinto- era todo lo que podía pensar en ese momento.

Neuguen le asintió a Unu, se puso de pie y salió de la sala. Cuando abrió la puerta pude vislumbrar el perfil afilado de Tarat, los dos se perdieron por el pasillo. Me quedé sentada frente al anciano. Él sacó un par de higos de su bolsillo y me los ofreció. Tomé uno sin sonreír.

-¿Por qué me pregunta a mí?

-Creo que Unu tiene razón, sos una niña muy especial ¿Ya has aprendido a leer?

-Sí.

-Esa es una buena noticia- dijo y de abajo del poncho que lo cubría sacó un libro de hojas color ocre y tapas oscuras- esto era del anterior recordador- me extendió el libro y yo lo tomé- sé que todavía es muy temprano para ofrecértelo, pero las nubes últimamente se pintan de rojo demasiado temprano, y el agua en los aljibes se agita. No son buenos signos- se llevó un higo a la boca con toda tranquilidad, sin perturbarse ante el peso de sus palabras- la ciudad necesita cuanto antes un recordador… Ayudame a pararme- me levanté y lo ayudé a ponerse de pie- cuidá mucho ese libro, que nadie lo vea, ni siquiera Unu, ¿podés hacer eso?- asentí con mi cabeza, pero con el miedo subiéndome por la garganta, y por un momento, me sentí torpe como la mosca que siempre vuelve al mismo lugar empalagoso… era muy fácil olvidar la ceguera del maestro. Pero el anciano no esperó ninguna confirmación verbal, como si hubiese visto mi gesto.

-Señor…-empecé a decir, mientras acompañaba al anciano hacia la puerta- ¿por qué Mevem construyó el laberinto?

-Ese camino no lo he leído yo.

-¿No está escrito en las memorias de Mevem?

-Esas palabras no fueron escritas- respondió- pero hay muchas formas de leer la historia, así como hay muchas formas de arrojarse al río…

Neugen salió por el pasillo sin esperar a que yo respondiera, o más bien, preguntara. Guardé el libro debajo de mi ropa, para llevarlo a mi habitación de forma que nadie lo viera. Sentada en mi cama abrí e intenté leer la primera página, pero no estaba escrito en la lengua común. Lo oculté en el agujero de un colchón de una de las camas vacías y sentí miedo, un miedo grande e inexplicable que iba agrietándose adentro de mí. Un miedo que ni siquiera me había acompañado antes de entrar al laberinto. Las palabras de Neuguen se me enraizaban, y otra voz les contestaba y les decía que no, una y otra vez, les decía que no estaba lista y que mi fuerza era de hilo y no de piedra.

Salí de la casa en busca de Unu, me dirigí hacia la plaza circular. No se veía nadie alrededor y la oscuridad estaba invadiendo el lugar. Me acerqué al laberinto, a aquella enorme masa de piedra que ahora dormía silenciosamente y parecía forjar la penumbra que acometía todo el lugar.

La entrada del laberinto, que sólo se había abierto cada vez que uno de nosotros había salido, ahora se mostraba totalmente despejada, como una invitación pacífica a un jardín nocturno. Llegué despacio hasta la entrada, me paré casi en el borde y miré la oscuridad intentando percibir algo más allá de la piedra, más allá de las sombras. Pero nada, cerré los ojos y entré. En cuanto estuve del otro lado de las grandes murallas las voces se hicieron audibles.

-Noson, no podés entrar al laberinto, es muy peligroso- era la voz de Unu- te aseguro que él no está acá.

-Sí está- dijo Noson- sé que está, es la única forma de enmendar las cosas, yo tengo que ocupar su lugar.

-El niño no está acá- dijo una voz de hombre, la voz de Tarat- nadie queda en el laberinto.

Las voces se acercaban, volví sobre mis pasos y salí del laberinto, corrí hasta esconderme en el umbral entre dos casas, donde la oscuridad me mantenía oculta. Nunca antes había sentido la necesidad de esconderme de Unu, pero las palabras de Neuguen habían despertado algo en mí, ese miedo, y algo más, que no podía confiarle en palabras a nadie.

Los vi salir desde el laberinto. Tarat pronunció unas palabras y la entrada se cerró detrás de ellos. Noson todavía se negaba a seguirlos, Unu y Tarat lo llevaban sujeto de los brazos, uno de cada lado, casi a rastras.

-¿Cómo hiciste para entrar?- preguntó Unu.

-Escalé- respondió Noson, pero inmediatamente, sin poder pensarlo, supe que estaba mintiendo.

-Hay que volver a la casa- dijo Tarat- Neuguen lo verá por la mañana.

-Sí- dijo Unu- yo debería hablar con Ara.

-Ella es especial- dijo Noson.

-¿Qué te hace decir eso?- preguntó Tarat.

-Tiene magia dentro- dijo -ella me salvó, a mí y a otros.

Entonces el recuerdo me devolvió la capacidad de ver. Vi a Noson resbalándose junto a mí, los dos mirábamos el acantilado e intentábamos sostenernos, pero era demasiado empinado y la tierra estaba demasiado suelta. Él era uno de los que resbalaba conmigo aquel día en que dije la palabra antigua.

-¿Cómo?- peguntó Tarat, con una seriedad que hacía que sus palabras salieran más despacio y vibraran entre sus dientes.

-Estábamos cayendo por la montaña, resbalábamos, íbamos directo al vacío, pero ella dijo la palabra y la tierra se hizo piedra y pudimos sostenernos.

-¿Qué palabra dijo?- volvió a preguntar aún más despacio.

Los tres estaban muy quietos, Unu miraba con sus ojos demasiado grandes y una de sus manos tiritaba levemente.

-No sé, no me acuerdo, una palabra que no conozco, una palabra antigua.

Unu y Tarat se miraron, se dijeron cosas con los ojos que no llegué a ver. Unu soltó a Noson y comenzó a caminar hacia el interior de la ciudad. Tarat empezó a arrastrar a Noson hacia la casa Aurora. Respiré hondo y decidí seguir a Unu. Ella comenzó a subir y a bajar por calles muy viejas de la ciudad, por lugares que todavía yo no había pisado, y que mis ojos no reconocerían, aunque la luz del sol los golpeara con toda su radiación. Finalmente, se detuvo frente a una puerta pequeña y golpeó dos veces.

Una voz masculina pero dulce respondió desde adentro y la vista de mi maestra desapareció detrás de la luz que se apagaba con la puerta cerrándose. Me senté tras la puerta y apoyé mi oído sobre la madera. La voz venía desde lejos, pero las palabras se aclaraban.

-La chica es más que especial- decía Unu- usó el lenguaje antiguo durante el camino, se salvó a sí misma y a otros jóvenes de no caer al abismo.

-Ya lo sé- contestó la voz suave- un buen guardián habla con los guías y conoce por sus palabras a los jóvenes que van a entrar a la ciudad.

-¿Ya lo sabía?- la pregunta fue demasiado alta- ¿Entonces, por qué nombrarla recordadora en vez de guardiana?

-Mi niña, creo que subestimas la posición del recordador...

-Pero ella ha demostrado ser más, quizás ella es la que mencionan los designios de los ocultadores, ella puede usar las palabras...

-Y pretendo que las use y que las recuerde; ella va a traspasar límites y eso no es algo malo- de alguna forma, esas palabras suaves y tranquilas atravesaban la puerta, como si las estuviera diciendo para alguien más que para Unu, como si realmente supiera que yo estaba ahí, escuchando- Unu, todos tomamos decisiones, tal vez a veces nos equivocamos, pero debemos aceptar lo que viene después de una decisión y abrazarlo con determinación. Vienen tiempos difíciles; y vos, mi niña, vas a tener que tomar decisiones difíciles, vas a tener que elegir entre partes de tu corazón. Tus decisiones van a ser la muralla ante la oscuridad. Yo sólo te aconsejo una cosa- hizo una pequeña pausa- confía en aquellos de corazón puro.

El silencio prolongado marcaba que era hora de irme. Me puse de pie y salí corriendo. Corrí hasta que llegué a la casa Aurora, escalé por la ventana del patio interno más cercano a mi habitación. Llegué a mi habitación y me arrojé sobre la cama. Segundos después, Trart abrió la puerta con todo su enojo amontonado.

-¿Dónde has estado?- me preguntó.

-Por favor, no me digas que alguien me busca- respondí con el cansancio esparciéndose en todo mi cuerpo.

-Yo te he estado buscando toda la tarde, ¿qué está pasando? ¿Por qué de repente la casa se llena de maestros?

-Lo único que puedo decirte es que algo pasó con Noson en el laberinto y eso lo ha afectado todo este tiempo.

-¿Y a dónde fue hoy?

-¿A dónde creés?

-¿Volvió al laberinto?

Asentí con mi cabeza, todo giraba alrededor, y mis ojos comenzaban a cerrarse, como la noche misma que ya estaba sobre nosotros. Me abrí a los sueños, me hundí en un mundo de colores del cielo y no supe nada hasta el día siguiente.

La luz entró de a poco por la ventana, jugó en los vidrios y en los espejos, después nos besó los rostros, y encontró mis ojos abiertos, esperando por la luz. Trart todavía dormía con uno de sus brazos colgando de la cama. Me levanté suavemente y busqué el libro que me había dado Neuguen la tarde anterior. Estaba escrito a mano, la letra era pequeña e inclinada y a veces difícil de leer.

Empecé a leer las primeras líneas, a pesar de que las extrañas palabras en lengua antigua no me devolvían significado alguno. De pronto tiré el libro asustada, sin entender qué llegaba a mis ojos, qué pasaba más allá de las yemas de mis dedos. Pasó un buen tiempo hasta que pude darle un sentido a las imágenes que veía, al frío que sentía, al hambre que me castigaba. Tardé mucho tiempo ahí sentada, con el libro entre mis pies, en entender que el frío y el hambre no eran míos. Ese era un libro escrito por el último recordador, era un fragmento de su vida que había escrito en esas páginas en la lengua antigua. Y esas palabras no sólo decían lo que pasó; esas palabras permitían verlo, permitían sentirlo en todo el cuerpo. Volví a tomar el libro y empecé a leer otra vez.

Estaba con los pies descalzos en la piedra. Hacía mucho frío, todos teníamos frío; un joven agua estaba sentado muy cerca de mí y se mantenía lo más acurrucado que le era posible, mientras se balanceaba lentamente hacia adelante y hacia atrás. Todos esperábamos mientras los guías se preparaban para el ritual. Todos estábamos frente al laberinto, esperando a ser llamados. Algunos lloraban, otros estaban demasiado preocupados por el frío.

Las palabras dejaban de ser trazos en el papel en cuanto mis ojos empezaban a seguirlas, se volvían gigantes manchas de colores, sensaciones en la piel, se convertían en recuerdos, recuerdos vívidos y llenos de nombres.

A mi derecha y casi pegada a mi cuerpo estaba mi amiga de infancia; habíamos crecido juntos en La Gran Llanura, uno muy cerca del otro. Estar cerca de ella durante todo el viaje me había hecho sentir menos extraño, menos nostálgico, menos perdido.

El rito comenzó y los guardianes del camino empezaron a llamarnos uno por uno. La llamaron a ella antes que a mí, le tomé la mano y le susurré que la encontraría. Entró en el laberinto y se perdió en la oscuridad. Finalmente, me llamaron, me untaron las señales y me dijeron las palabras.

-El laberinto te pone a prueba.

-El laberinto decide si sos o no hijo de la Luna.

-Seguí tu espíritu.

-Encontrá la Luna.

-Buscá tu nombre.

Y también me hundí en la oscuridad. El frío me había quitado la capacidad de sentir mis pies sobre la roca negra y fría. Comencé a deambular, me preocupaba encontrar a Jayri, Jayri, ése era el nombre que me había dado a mí, sólo a mí. Tenía miedo de que no saliera del laberinto, tenía que encontrarla porque ella era frágil, como los sueños en una noche sin luna. Deambulé escuchando los llantos, gritando su nombre, hasta que me encontré a mí mismo en una plaza circular afuera del laberinto. Simplemente, había tomado una salida y estaba afuera, no me sucedió como muchos contaron después, que se encontraron con señales, o que la luna se personificó y los guio. No hubo nada extraordinario en mi camino, sólo que había salido demasiado pronto. Salí y no había nadie en la plaza, no había nadie en la casa a la que me guiaron, y no salió nadie en las horas posteriores, ni en los días que siguieron.

Me dijeron que no podía ayudar a los que estaban adentro, que no podía volver a entrar. Intenté muchas veces penetrar las mismas oscuridades, pero el laberinto se cerró a mí cada vez. Intenté escalar, pero la piedra se volvió plana y me tiró al suelo en cada intento. El laberinto se defendía y no iba a dejarme entrar.

Me dediqué entonces a explorar la casa, cada rincón, abrumado por mi soledad. Mi maestro me dejaba muchas horas para mí, respetando mi dolor y mi soledad. Fue así que un día encontré la puerta y el pasadizo. Lo seguí a pesar de la oscuridad, lo seguí a pesar del frío y la humedad, hasta que de pronto se abrió, así como se abrió también la luz y me permitió mirar adelante, mirar las paredes altas y oscuras del laberinto. Por lo que el conocimiento me contó después, ese pasillo es casi tan antiguo como la ciudad misma. Se hizo poco después de la casa Aurora, y ni siquiera la gran Mevem supo de su existencia. Fue creado por otra alma en pena como la mía, para entrar y rescatar, o para aquellos que necesitaban salir de esta parte de la ciudad que los aprisionaba, para visitar a otras y otros en distintas partes de la urbe. Supe también, que la ciudad era un mundo de pasillos y túneles secretos, así como los corazones que se sumergieron entre sus paredes.

El laberinto fue hecho para ser dominado sólo por los guardianes, sólo por aquellos que no sólo portan las palabras, sino que también son capaces de usarlas. Sin embargo, ahí estaba yo, de nuevo en el interior del laberinto buscándola. Esa vez fue distinto, algo me decía qué pasillos tomar y por dónde doblar cada vez. Caminé, hasta que finalmente, la encontré, la encontré durmiendo en la gran habitación. El laberinto no me impidió llegar a ella, no me impidió tocarla, tomarla de la mano y guiarla de nuevo hasta el pasadizo. No me lo impidió, supongo que dentro de sus oscuras profundidades también pusieron la palabra amor.

Jayri entró a la ciudad por el pasadizo, esperamos a la mitad de la noche y le ayudé a escabullirse a la plaza circular. Por evento que marcó nuestras vidas, decidí,

Leuel, eran las palabras de Leuel, sus recuerdos, su voz siendo joven y después viejo, que sonaban en esas páginas, y mezcladas iban y venían. Cerré el libro y lo volví a guardar en el escondite. Mientras, intentaba volver a sentir mi propio cuerpo, escucharme nuevamente en la cadencia de mi pensamiento. Neuguen me había dado el libro por una razón que ahora se volvía clara: quería que supiera lo que Leuel había comprendido, y entre esas cosas, ya sabía que había otra forma de entrar al laberinto, y no sólo eso, sabía que alguien más lo había descubierto también.

Me vestí y me dirigí al comedor aunque todavía era temprano y Trart aun roncaba en su cama. Noson era siempre el primero en llegar al comedor, esperaba que no hubiera cambiado esa costumbre.

Traspasé la puerta y lo vi, tan pálido como siempre, y con una tristeza que parecía arrastrarlo.

-Mentiste… cuando dijiste que habías escalado para entrar al laberinto. El laberinto no se puede escalar.

Se quedó mirándome con la sorpresa y la vergüenza creciéndole en la cara.

-Quiero que me muestres- le dije- la entrada que encontraste en la casa, y yo te ayudo a encontrar a Fueguero.

-¿Cómo sabés?

-Sé cosas, y te creo cuando decís que Fueguero todavía está en el laberinto. - dejamos que las palabras se volvieran huecos durante un tiempo, entendiendo que los dos habíamos pronunciado palabras que habían flotado en el aire demasiado tiempo - Quizás los dos les hemos dicho cosas sobre el otro a los maestros que no era necesario decir, pero ninguno de los dos sabíamos lo suficiente.

Nunca le había contado a Unu sobre el incidente en el camino, había estado a punto de decirle y soltar la catarata de preguntas que venía después, pero paraba justo antes. No sabía por qué, pero cada vez que las palabras me llegaban a la boca, se me enredaban en el paladar y se hundían en saliva. No sabemos lo que un secreto significa hasta que alguien lo saca afuera. Yo me sentía víctima de una víctima, él había contado mis palabras y yo las suyas.

-Esta noche, después de que todos se vayan a dormir, nos encontramos acá- me dijo. Y los dos desaparecimos entre las horas y esperamos a que el día fluyera lo más rápido posible.

La noche se cernía sobre nosotros y la casa Aurora estaba en completo silencio. Salimos del comedor y entramos a una de las despensas. Noson movió una de las estanterías y retiró un par de baldosas, dejando ver un agujero en el suelo y escaleras de piedra que bajaban. Seguimos el camino, por momentos de rodillas y por otros, poniéndonos sobre nuestros pies. Cuando encontramos la luz, ya estábamos en el laberinto que dormía en su propia oscuridad. Comenzamos a caminar, y tal como había pasado la primera vez que entré al laberinto, mi nombre se reflejaba en aquellas diagonales y pasadizos que debíamos seguir, o por los que debíamos subir o bajar.

-No, es por acá- me dijo Noson- fue cerca de la entrada.

-El símbolo me dice que es por acá-lo tomé del brazo y lo guie casi a la fuerza.

-¿Cuál símbolo?

Le señalé la marca de mi nombre.

-¿No lo ves?

-Veo oscuridad, nada más.

-Está justo ahí- dije acercándome más al símbolo antes de que se esfumara. La primera vez que había visto mi nombre reflejado en la piedra no había podido comprender lo que ahora se me hacía evidente. El símbolo que se dibujaba en las paredes estaba construido con lenguaje antiguo. Pero Noson no podía verlo, era tal como Nilin lo había dicho, un reflejo de mí misma. Caminamos hasta que nos encontramos en un callejón sin salida.

-Sin salida- dijo Noson- hay que volver.

-No, es acá.

Llegué hasta la pared y empecé a tocar las piedras, esperando encontrar algo suelto o algo que se abriera en cuanto lo tocara, pero nada de eso pasó.

-Hay algo acá en el suelo- dijo entonces Noson.

Me acerqué y vi lo que Noson señalaba, mientras sacaba tierra de una piedra lisa y redonda en el suelo. En forma de espiral se dibujaban palabras antiguas. Me arrodillé al lado de Noson y recorrí las palabras con mis dedos. Mientras las iba tocando, sus significados se dibujaban en mi cabeza.

-Aquellos que buscan la guerra, la oscuridad los reclama, aquellos que violaron las leyes naturales, las rocas los reclaman, aquellos que buscan el camino del pueblo antiguo, los cimientos los reclaman, aquellos que trajeron falsos nombres, el polvo los reclama, aquellos que no saben seguir sus pasos, la tierra los reclama.

Nos quedamos en silencio, mientras el escalofrío nos bailaba por la espalda. El miedo que nos habían negado tantas veces ahora se hacía real; aquello que se murmuraba y sólo se suponía, ahora se volvía una realidad rígida como toda la piedra que nos circundaba. Unu no sabía, no sabía las palabras que habían ocultado en las piedras.

Esa noche, una nueva urgencia se despertó me por dentro. Tenía que recordar, tenía que recordarlo todo, todas las palabras, todos los secretos que habían escondido por la ciudad. Aunque no sabía por qué, las advertencias del anciano maestro se volvían espinas y mi instinto me reclamaba pararme en el recuerdo... quizás así estaría lista.

-Creo que hay que decir una palabra para liberarlos- dijo Noson.

-¿Qué palabra?- le pregunté.

-Una palabra antigua, ¿cómo se dice libertad en el lenguaje antiguo?

-No lo sé.

-Pero acabás de leer palabras antiguas, no soy muy bueno leyendo, pero esas palabras no son las mismas que nos enseñan en el templo, y dijiste una palabra en el camino, vos sabés la lengua de los dioses.

-No sé cómo es que puedo leerlas, ni tampoco sé cómo pronuncié aquella palabra cuando veníamos; nunca nadie me enseñó ninguna de esas palabras.

-Pero sé que vos podés decirla, tenés que intentar.

Cerré mis ojos y me concentré en el viento, en las palabras que me traía, en cómo venía a regalarme una caricia suave y efímera, y así de pronto, también se iba. Me concentré en el canto de mi corazón, le pedí que adoptara el ritmo de la zamba, y pensé en la palabra libertad, y en mi cabeza se dibujó la palabra libertad, en un solo símbolo todo unido. Puse mis manos sobre la tierra suelta y dibujé el símbolo en el medio del espiral.

La tierra comenzó a temblar y unas escaleras que descendían se abrieron camino en el suelo frío y nos invitaron a pasar. Bajamos despacio, con la calma despierta y en alerta, esperando a que el terror nos abrazara. Bajamos un escalón a la vez, tomados de la mano para rescatar entre los dos todo el valor que fuese posible en cada uno. Cuando llegamos al final de la escalera nos tomamos un tiempo para que nuestros ojos se acostumbraran a la oscuridad. Nuestra vista se aclaró para que la brutalidad le pidiera a nuestros corazones que dejaran de latir por un momento. Frente a nosotros se levantaban centenares de altares. En todos ellos había jóvenes, eternos jóvenes, simplemente durmiendo. Me acerqué al primer altar, había una hermosa niña de cabellos claros; dormía plácidamente. Intenté despertarla, pero en cuanto mi mano tocó su blanca y fría mano, el altar se hundió en la tierra y desapareció.

-No nos va a dejar despertarlos a todos- dijo Noson, y supe por dentro que había hablado con la verdad.

Nos dividimos y empezamos a buscar por la amplia habitación. Era como caminar entre medio de un laberinto de estatuas humanas, en un cementerio en donde nadie estaba muerto, pero tampoco nadie estaba vivo.

-Acá está- le dije a Noson y llegó casi corriendo para mirar al joven de pelo rojo durmiendo plácidamente.

-Utataá- dije, le ordené que despertara en la lengua antigua.

Fueguero abrió los ojos y sonrió, como si vernos a nosotros fuera parte del sueño. Comenzamos a hablarle pero sólo se concentraba en el movimiento de nuestros labios y en las formas de las manos. No se conectaba con ningún significado, ni con la consistencia de la realidad.

Prácticamente tuvimos que cargarlo fuera de la cueva, y tuvimos que arrastrarlo fuera del laberinto. Lo llevamos a la casa Aurora y lo recostamos en una de las camas en la habitación de Noson. Nos dijimos que esperaríamos a que llegara el sol para volver a despertarlo y sólo en ese momento buscaríamos a los maestros, para contarle a la ciudad la oscuridad que se ocultaba en el corazón del laberinto.

seis

Esa noche dormí poco. Desperté en cuanto la claridad empezaba a caminar en el horizonte. Los oídos todavía me zumbaban y todo tipo de voces e imágenes me venían a la memoria. Me levanté silenciosamente y liberé el libro de su lugar oculto. Lo abrí cerca del medio, quizás por la necesidad de estar en los pensamientos de alguien más y no en los míos. En cuanto comencé a leer, las palabras empezaron a cambiar, se convirtieron primero en imágenes, luego en personas que venían y me hablaban y después lo invadían todo, cambiando mi realidad por otra. Estaba de nuevo en la consciencia de Leuel, en sus palabras, en sus movimientos. Era más alto y más fuerte que en las memorias anteriores. Podía sentir la fuerza de sus músculos, la destreza de sus movimientos. Me dejé llevar por su propio relato.

Esa tarde el sol nos regalaba la calidez, cuando salí corriendo del templo y comencé a subir por la ciudad primero y después, a bajar por calle de los aljibes, como la llamaba ella. Nos encontrábamos casi todas las tardes en su fuente favorita, en la parte sur de la ciudad. Yo salía y la esperaba a que llegara; había días que lograba encontrarme y otros que simplemente me quedaba mirando las gotas saltar en el agua.

Ese día llegó, con su vestido canela atado al hombro, y con el pelo recogido en una trenza que se enroscaba detrás de su cabeza. La amistad de todos esos años, nos había preparado para algo más, para sentir eso que me mi maestro me aconsejaba que olvidara, y sobre todo, para que yo, ignorando a mi maestro, quisiera elegirla todos los días.

Ese día estaba nervioso, cuando llegó a sentarse junto a mí le tomé la mano y la besé suavemente. Ella enrojeció casi como la manzana que traía para ofrecerme.

-No deberías- me dijo.

-Ya no quiero que me digan que no puedo sentir- le contesté.

Me acerqué despacio y pude sentir su piel que olía a jengibre y pan fresco. Como todas las tardes se traía los aromas de las cocinas. La besé en la mejilla y sus ojos se detuvieron. Me acerqué más y esta vez el beso llegó a sus labios.

Pude sentir en mis propios labios la humedad y la calidez del beso, y el calor que crecía y me tomaba por dentro. La palabra beso lo incluía todo. La superficialidad en cada roce parecía abarcar las sensaciones que se arrullaban en espirales y me permitían sentir una energía vibrante en todo el cuerpo.

Eso era lo que hacía un recordador. Vivía los recuerdos que habían quedado encerrados en el papel. Mi trabajo, activado demasiado temprano, era revivir esas vidas y esas pasiones. Con el tiempo, descubriría que Leuel iba a ser diferente al resto de los recordadores. Él había incluido entre sus recuerdos el detalle de sus días, y el deseo atrapado de su secreto. Ese día, con esa memoria sola, me bastó para que no siguiera indagando en sus pensamientos; ya era suficiente andar cargando esa sensación de haber besado a alguien, de llevar aromas que no eran míos en la punta de mis labios. Sensaciones de las cuales me sentía una ladrona, y que me acompañarían en cada uno de mis gestos, por el resto del día. También supe en ese momento que recordar no era gratis.

El sol aún estaba por salir, pero la claridad ya asomaba con fuerza en la ventana. Salté de la cama, guardé el libro, y corrí a la habitación de Noson. Abrí la puerta para encontrar a los dos muchachos dormidos en sus camas. Me acerqué despacio a Flueguero. Le toqué la mejilla suavemente y retiré la mano, temiendo que las sensaciones que había vivido en los ojos de Leuel le reclamaran algo más a mi presente. Abrió los ojos y esta vez me miró y pude encontrar el reconocimiento en sus ojos. La risa brotó junto con las lágrimas.

-Yal- dijo Fueguero, con la voz ronca saliendo detrás de sí- ¿Cuándo salimos?

-Mi nombre es Ara… anoche saliste del laberinto, te encontramos con Noson- lo señalé mientras él se sentaba en la cama y nos miraba en silencio. El rostro de Fueguero se llenó de alerta y miedo, él no sabía lo que habíamos aprendido en los últimos meses en la ciudad, todavía le tenía miedo a los nombres- no te preocupés, ya de a poco vas a entender todo, hay mucho que tenés que saber, en primer lugar, no le tengas miedo a los nombres, no dentro de la ciudad.

La confusión se agitaba en sus ojos, que de pronto comenzaron a aclararse, y su mirada serena volvió a saludarme.

-Mi nombre es Qutuq- dijo al fin y me sonrió.

Unu estaba muy dormida y con el pelo rebelde y suelto cuando me abrió la puerta. Me senté en su mesa mientras ella arrastraba los pies y colocaba pan y frutas, se sentaba con el cansancio, y me miraba con todos los sueños todavía contenidos en sus lagrimales.

-Ara- dijo desplomándose en la tierra- ¿Qué te trae tan temprano?

-Anoche entré al laberinto con Noson- respondí y fue como tirarla al medio de una fuente en pleno invierno.

-¡Ara! ¡Otra vez lo mismo! ¿Por qué no pueden…- se detuvo y me miró como si pronto entendiera lo que le había dicho- ¿Cómo entraron? ¿Cómo, cómo salieron?

-Entramos y salimos por nuestros propios medios- contesté- pero eso no es lo importante, lo encontramos Unu, ahora está en la casa, su nombre es Qutuq.

-¿Lo encontraron? ¿Cómo que lo encontraron? ¿Dónde?

-En el laberinto, y lo que vimos… lo que vimos… el laberinto toma vidas, las reclama… a todos ellos… los mantiene dormidos en su interior.

-¿Qué querés decir?

-Es cierto, hay gente que nunca sale del laberinto, gente que se queda encerrada de por vida, pero ellos no lo saben, nadie lo sabe. Encontramos todo un recinto tan grande como tres plazas repletas de gente dormida. Hay cientos y cientos de personas sobre camas de piedra, atrapados en el tiempo. Gente quizás de todas las épocas… son todos jóvenes, todos niños como yo, y duermen eternamente.

-¿Y no los despertaron?

-El laberinto no lo permite- respondí, sus ojos se abrían y adoptaban la textura del vidrio- sólo me dejó despertar a Fueguero, no me dejaba tocar a los otros siquiera.

-¿Cómo lo despertaste?

-Con una palabra antigua.

-¿Dónde aprendiste esa palabra? ¿Del mismo lugar de donde aprendiste la que dijiste durante el camino hacia la ciudad?

-No las aprendí en ningún lado, las palabras salen cuando las necesito.

-Necesito que me muestres ese lugar.

-No sé si pueda…

-Esto es…- empezó a caminar alrededor de la mesa- esto es demasiado para mí.

-Necesitamos hablar con Neuguen, él tiene que saber.

-No puede esperar- se puso un poncho encima, me agarró la mano y me tiró en dirección a la puerta, aún con el pelo igual de alborotado que cuando entré.

Llegamos frente a la pequeña puerta de madera, aquella misma que espié desde la oscuridad el día que seguí los pasos de mi maestra. Unu golpeó y desde adentro la voz suave contestó

-Unu, Ara, adelante.

-¿Cómo lo sabe?- pregunté.

-Shh, yo que sé.

Entramos y vimos al anciano sentado en el suelo junto al fuego, tomando mate; su mirada perdida en la pequeña ventana. Nos sonrió en cuanto entramos y nos invitó a sentarnos.

Narré toda la historia, otra vez. El rostro del anciano no cambió, siguió dirigiendo su blanca mirada hacia la ventana, sorbiendo de la bombilla.

-Para entrar en aquél recinto y para despertarlo debiste usar el lenguaje antiguo.

-Sí- respondí.

-Ya veo- dijo y volvió a concentrarse en su propio silencio.

-¿Usted sabía de ese lugar?- preguntó Unu sin poder soportar mucho más el silencio.

-Sí- respondió.

-¿Cómo es posible? ¿Por qué existe ese lugar?

-Esas preguntas es mejor que las responda un recordador, en vez de un viejo ciego. Tenemos la suerte de tener una en la habitación- dijo volviendo a verter agua en el mate- Ara, querida, ¿te importaría leer ese librito azul que está en la primera estantería?

Me levanté y extraje un pequeño libro azul con tapas de cuero. Era mucho más viejo que el libro que escondía en mi habitación. Lo abrí y dejé que las palabras me llevaran lejos, a otros tiempos, a otras vidas y que me devolvieran sintiéndome más antigua, con más raíces que se iban enredando alrededor de mi espíritu.

-No he encontrado las marcas de su nombre todavía, era recordadora, hace mucho, mucho tiempo... la ciudad se ve tan diferente...- empecé a decir- Ella me mostró que antes no había laberinto, sino una gran muralla que contenía la oscuridad que se esparcía más allá- iba explicando mientras recomponía las imágenes en mi cabeza- Mevem había invocado palabras antiguas para contener la oscuridad, pero no era suficiente... había otro tipo de magia, pero le temía y por eso la había prohibido. Pero la oscuridad seguía llegando. Fue entonces que decidió, después de la gran separación de nuestros pueblos, recurrir a esa magia. Ella misma escribió las palabras en el corazón de la construcción... "Aquellos que buscan la guerra, la oscuridad los reclama, aquellos que violaron las leyes naturales, las rocas los reclaman, aquellos que buscan el camino del pueblo antiguo, los cimientos los reclaman, aquellos que trajeron falsos nombres, el polvo los reclama, aquellos que no saben seguir sus pasos, la tierra los reclama"- volví a repetir las palabras que había leído la noche anterior en el laberinto- Todos ellos terminan en el corazón del laberinto, se vuelven parte de él, el laberinto los alimenta y ellos alimentan al laberinto, de ahí proviene todo su poder.

-No es posible- dijo Unu haciendo de su voz un hilo.

-Nuestra gran Mevem también era humana y cometió errores- contestó Neuguen- incluso en la declinación de su vida.

Unu me sacó el libro bruscamente de las manos para leer por sí misma.

-¡Esto está en lenguaje antiguo!- lo dijo tan fuerte que hizo que me despegara unos centímetros de mi asiento- Ara, esto le lleva a un recordador años de entrenamiento, ¿Cómo has podido leerlo?

-No lo leo- respondí- miro los símbolos y… yo…

-Simplemente recuerdas- dijo Neuguen- Un recordador genuino hace algo más que leer, entra en el lenguaje y a través del signo accede a la memoria. No hemos tenido un recordador de ese tipo en mucho tiempo.

Unu cerró el libro y me lo devolvió. Todos los colores se habían evaporado de su cara.

-Podemos encontrar ese lugar y despertarlos a todos- dijo Unu, dirigiéndose mayormente al anciano.

-No- fui yo la que respondí- el laberinto no nos dejaría llegar a ellos, está protegido.

-¿Y cómo vos pudiste encontrarlo?

-Porque alguien puso otra palabra más, una palabra llena de compasión, para que algunos, siendo extrañados por otros, pudieran salir, pero no nos va a dejar despertarlos a todos.

-Y no deberían intentarlo- nos dijo Neuguen- esa es magia muy peligrosa, no es la que enseñamos acá, podrían salir lastimadas.

-¡¿Entonces por qué nos mantenemos indiferentes?! No puedo creer que este tipo de magia sea la que rija y decida quién entra o no a la ciudad; eso no es lo que Mevem prometió, se suponía que este espacio sería para albergar a todos los que huían de la Gran Guerra, sería para formar ciudadanos conectados con el medio que los rodeaba- Unu caminaba de un lado a otro, con el miedo entre las manos, que movía en el aire.- yo se lo dije antes, usted se acuerda… usted me mintió… esta ciudad es otra gran mentira… y ellos… la guerra… ya vienen…

Nunca había visto a mi maestra así, con la cólera en cada parte de su piel, asustada, escondida detrás de la fatalidad.

Neuguen, sin embargo, no perdía la paciencia, siguió concentrado en su brebaje y comenzó a prestar atención al canto de los pájaros que le daban la bienvenida a la mañana, ya en todo su esplendor.

-Niñas, saben que ya no es parte de mi papel tomar ese tipo de decisiones, en mi tiempo decidí confiar en la sabiduría de Mevem, ahora la decisión es de otros, y pronto, ustedes mismas, tendrán que decidir sobre la vida de los ciudadanos de Horizonte Blanco.

Los dichos proféticos de Neuguen se habían vuelto ya agua corriente en nuestras conversaciones, pero no por eso dejaban de impresionarme y dejarme la saliva seca. Unu se mostró contrariada, Neunguen había sido uno de los guardianes más gloriosos de la ciudad, su fama lo trascendía, incluso, por toda La Gran Llanura. Sin embargo ya no era el guardián principal de la ciudad, sino que le había cedido su lugar a Nilin, la mujer que nos había recibido frente a la muralla del laberinto y que me había guiado a la casa Aurora; pero que luego, en los siguientes meses, se había mantenido en un aura de incertidumbre y luces de violenta oscuridad.

Salimos de aquella pequeña casa de olor a mañana con más preguntas que respuestas, Unu me dijo que vería a Nilin, con una mezcla de inconformidades que se disolvían en su boca. Yo volví a la casa, para encontrarme con un ya sobrepuesto Qutuq que, sentado en la cocina, rodeado por caras anonadadas, casi babeando sorpresa, contaba su historia, mezclando fragmentos de La Gran Llanura, con el viaje y su transcurso en el laberinto.

-Hasta hoy que desperté en ese castillo de almas- así había decidido llamarlo y los demás adaptamos aquel nombre, que parecía una sentencia-y Ara y Noson me despertaron y me trajeron.

-¿Ellos te trajeron?- preguntó Reger- ¿Cómo?- y ahora sus ojos se dirigían a Noson, en primer lugar, que estaba sentado en un rincón mirando todo el suceso como un paisaje ajeno, y luego a mí, todavía parada en los umbrales de la puerta.

-Entramos al laberinto, y lo buscamos hasta encontrarlo- me limité a decir- Noson lo había visto por última vez, y prometió ayudarme- mentí.

-Ella me sacó de ese lugar- dijo Qutuq con tono seguro- Yo sabía que era especial- y sus ojos brillaron de tal forma que no pude sostenerle la mirada.

Ese día volví a percibir en mis compañeros una mezcla de miedo y admiración, la misma que había sentido el día que caíamos del acantilado y pronuncié mi primera palabra antigua. Volví a sentir cómo cada una de mis palabras y mis gestos se convertían en animales de observación y las distancias se desplegaban. Todo el cansancio que acarreé esos dos días, me hizo arrastrar hasta los pies, y me sentí más vieja que lo que mi propia edad y espíritu eran.

Me senté a desayunar en un lugar apartado, y después me fui a la habitación a recostarme. Ese día no irían a buscarnos para llevarnos a clases, el tumulto de un joven salido del laberinto fuera de las lunas indicadas desestructuraba toda la rutina entre los maestros, y sobre todo, entre las altas gradas de los guardianes.

-Ara.

Alguien me sacudía para sacarme del sueño al que había sucumbido.

-Ara- era la voz de Unu, los ojos hundidos de Unu, que me miraban con preocupación- Tenés que venir conmigo, Nilin quiere verte.

Me levanté con la cabeza pesada por el sueño y seguí a Unu a la salida de la casa. Caminamos por los costados de la ciudad, mientras que, poco a poco, empezaba a encender nuevamente mis ideas. La casa de Nilin era amplia y estaba sobre la altura. Era majestuosa y tenía labrados impresionantes en la fachada. La alta mujer nos abrió la puerta y con un gesto nos indicó que entráramos.

Usaba el color de los ríos en su ropaje, era la única que podía llevar esos colores. El anciano Neuguen usaba el color de la roca, mientras que mi maestra llevaba siempre las tonalidades de la luna. A los aprendices nos permitían llevar el ropaje teñidos de la tierra húmeda, o de la arcilla recién cocida.

Nos sentamos en un comedor de tamaño similar a los de la casa Aurora, y la guardiana me pidió que contara todo de nuevo. En la medida que iba desenvolviendo mí relato, la mujer, a diferencia de Neugen, que había escuchado mi narración como si se tratara de la conversación matutina de las aves, comenzó a asfixiarse con su propio aire. Sus ojos, del color de una mañana fría, parecieron congelarse más y más en la medida que explicaba cómo había usado las palabras para sacar a Qutuq del eterno sueño.

-Supe que había peligro cuando escuché que una niña había invocado el lenguaje antiguo en medio del camino; lo supe también cuando me encontré tus ojos esa primera noche. - me dijo después de un silencio que cortaba el aire- Pero nunca me imaginé que llegaría a esto- me miraba con una especie de desprecio y furia, que no había pensado posible en ninguno de ciudadanos históricamente impolutos, menos aún de su guardiana- también debo admitir que me sorprendí al ver que el laberinto te dejaba salir en primer lugar. Pensé que, debido a tu peligro, ibas a quedar enterrada en sus entrañas

¿Entonces ella también lo sabía? Pensé-

-Pero a pesar de todo el laberinto mantiene sus misterios- suspiró lentamente- ¿Cómo hiciste para entrar al laberinto?

Decirle que había escalado como le había dicho a mi maestra no iba a funcionar en esa ocasión, así que volví a mentir. Esa mujer se resistía a entrar en mi confianza, y quería mantener, por algún motivo que hasta entonces desconocía, el pasadizo de la casa en secreto.

-Usé las palabras, como lo hice para encontrar el camino, abrir la gran recámara y despertar a Qutuq.

Unu mantenía la cabeza baja. Supuse que había sido reprendida y tendría que pagar alguna especie de precio debido a mí.

-Yo soy responsable de todo- agregué- mi maestra nunca supo nada de lo que yo pretendía hacer hasta esta mañana.

-De las responsabilidades me ocuparé yo después- su mirada seguía siendo invierno sobre la mía- Yo no soy como el anciano, y tengo demasiadas cargas sobre mi espalda. No puedo permitirme ser gentil y comprensiva, lo que hiciste ahí afuera es un atentado contra la seguridad de esta ciudad.

-Usar magia de sangre es una traición a esta ciudad- respondí sin siquiera pensar, respondí usando palabras que no eran mías, que alguien más, otra recordadora le había dicho a Mevem siglos atrás.

-¿Qué dijiste? ¿Quién te dijo que era magia de sangre?

-Una recordadora- respondí.

-Ella puede leer las palabras antiguas- dijo Unu- tiene un don, puede ver a través de las palabras sin que nadie le haya enseñado nada. Esta misma mañana Neuguen le dio un libro y ella nos dijo cuáles eran sus pensamientos.

Nilin se puso rígida como la misma roca que se levantaba a sus espaldas.

-No es posible… no de alguien que provenga de La Gran…-no llegó a completar la frase y ante nuestras miradas filosas agregó- ese anciano se toma más atribuciones de las que su lugar le permite.

-Una vez guardián, siempre guardián- respondió Unu- está en el juramento, estoy segura de que Neuguen siempre tiene un motivo para sus acciones.

Nilin se quedó en silencio, y su silencio nos habló del miedo, de una mujer con una soledad muy pesada, atada a sus tobillos. Nos pidió que nos fuéramos con poca cortesía. Salimos arrastrando un poco de aquel mutismo, que nos trastocaba un poco el corazón.

-¿Por qué Nilin muestra tan poco aprecio por el maestro Nueguen?- pregunté cuando ya habíamos atravesado varias fuentes.

Unu me miró por unos segundos. Luego con la mirada en la piedra de la calle, respondió.

-La función del guardián es proteger la ciudad, pero el guardián no es quien toma las decisiones, no completamente… en nuestro sector son cuatro quienes las toman, los cuatro maestros más antiguos, junto con el guardián… cuando las decisiones deben tomarse en todo Horizonte Blanco, disponen aquellos que son tres veces cuatro. Nilin no quiere al anciano porque su voz todavía hace mucho eco a lo largo de nuestro pueblo.

Cuando llegué a la casa Aurora, Fueguero me esperaba, y a pesar de mi cansancio que se hacía cada vez más largo, me pidió que le contara la larga historia de los días pasados. Narré con la lengua pesada y con la consciencia que intentaba apagarse. Pero me hice en el camino entre las palabras para contarle todo, para explicarle del rito en que cada uno de nosotros juró convertirse en aprendiz. Le expliqué las funciones que cada quien iba a cumplir, respectivamente, una vez que terminara nuestra formación. Le hablé del arte de la lectura que aprendimos, así como poder comprender los números y poder ver las construcciones que se hacían a partir de ellos y de las largas bibliotecas, repletas de las historias que nos pintaban los ancianos cuando éramos niños y de muchas otras que saboreábamos por primera vez.

-¿Entonces cuánto tiempo he estado durmiendo?

-Casi seis meses.

Se quedó mirando el espacio entre nosotros, hasta que el silencio nos ganó por completo.

Unas semanas después de que sacáramos a Qutuq del laberinto, estábamos reunidos alrededor de la fogata en el templo agua del norte. Neuguen estaba, nuevamente, vestido con su ropa de ceremonia. Tenía en frente al joven de cabellos del color del fuego. Estábamos, en fin, presenciando el juramento del último niño agua que había salido del laberinto.

Neuguen comenzó a decir las palabras sagradas y lanzar hierbas sobre el fuego. Los aprendices y los maestros, estábamos a varios metros por detrás del último aprendiz. El anciano le pidió a Fueguero que dijera su nombre.

-Qutuq, bienvenido, a partir de hoy te formarás para ser un viajero, ¿prometés respetar tu nombre y tú oficio?

-Na Saimawá- respondió con las palabras antiguas.

El viajero se formaba con varios de los antiguos conocimientos. Llevaba consigo el arte de la escritura, y la memoria de la ciudad. Y debía abandonar la urbe durante largos periodos para adentrarse más allá de la frontera de La Gran Llanura, donde la guerra todavía acosaba a la tierra y a todos aquellos que vivían en ella. Era un trabajo importante y peligroso, muchos no habían vuelto, y muchos otros habían pasado a ser parte de las grandes canciones. Todo esto llenaba de orgullo a Qutuq y a todos los que lo rodeábamos.

Esa noche festejamos y la alegría que pintó la casa pintó, también, mi corazón. Aunque, la ventura con la que miraba el tiempo, en ese momento, iba a desvanecerse lentamente y de manera suave como una miga de pan en el agua clara.

El tiempo me había hecho prisionera de las memorias de Leuel, a donde accedía a menudo, para encontrarme con reflejos de ciudadanos actuales en posturas y gestos juveniles, o con aquellos rostros que habían pasado a ser parte del gran sueño.

Una de esas tantas tardes llegué del templo, tomé el libro por la mitad y me sumergí lentamente en él.

Kayri me esperaba en la fuente de siempre, cuando me acerqué a ella no levantó la vista, ni me sonrió como solía hacerlo ante el ruido de mis pasos. Su rostro tenía marcada la ruta del llanto. Me acerqué lentamente, pero sus palabras no querían salir. Simplemente se puso de pie y levantó su delantal, inmediatamente me di cuenta cuál era su pesar, su vientre había crecido en forma redondeada y si no fuera por el delantal, este cambio en su cuerpo sería evidente para cualquiera.

Las siguientes hojas estaban arrancadas, pero había visto suficiente, había visto más de lo que estaba escrito, y en ese momento, el miedo había invadido mi cuerpo. A partir de aquel día, no quise volver a entrar en las palabras de Leuel, sabía que su hijo ahora caminaba entre nosotros, en alguna parte de la gran ciudad; pero tener toda esta información, se sentía como portar un arma prohibida.

No volví a entrar en sus palabras. Guardé el libro en un lugar donde no fuera tan simple encontrarlo, como si de pronto me convirtiera en la guardiana de todos sus secretos.

Después del juramento el tiempo se hizo lento, y los tumultos de los primeros tiempos comenzaron a ser sólo protuberancias en el lienzo del pasado. Qutuq era un aprendiz abocado y rápido, en poco tiempo aprendió las letras y las palabras en el papel y fue capaz de escribir su nombre. Noson también, una vez purgada su culpa, se dejó llevar por los ríos del aprendizaje, e incluso se volvió un joven sonriente y sociable, que caminaba tras los pasos de Trart, como la mayoría de los muchachos. La alegría empezó para todos cuando abandonamos el templo del norte, el cual sólo podíamos dejar una vez que cada uno de nosotros manejáramos con maestría el arte de la lectura y la escritura. En cada uno de los templos del saber debíamos entrar como equipo y salir como tal. Por lo tanto, la felicidad fue grande cuando todos alcanzamos la meta y festejamos todos juntos en la casa Aurora.

Sin embargo, la alegría de esos días se volvió pronto ceniza en mi boca y los pasillos de la soledad comenzaron a hacerse amplios. Mientras que a todos los enviaron al templo del este para empezar a aprender el arte de los cantos. Yo tuve que ir al templo del oeste, que era el más pequeño y oscuro de la ciudad, ya que estaba prácticamente incrustado en la montaña.

La soledad era el castigo por mis palabras, por aquellas que había podido controlar y por aquellas que no. Era el castigo por mi proeza y por mi desobediencia. Mi soledad también era el miedo que había generado entre los guardianes, los maestros y mis propios compañeros, que de pronto sentían que estar cerca de mí les equivalía a una amenaza y a una desventaja imposible de acompañar con el baile.

Por decisión de los maestros y la gran guardiana, debía seguir mi camino de aprendizaje apartada de los demás y soportar las miradas de recelo que poco a poco habían ido creciendo entre mis compañeros, excepto de Qutuq y Noson. Noson por un lado, buscaba permanentemente mi compañía, me daba palabras de aliento cada vez que podía, y compartía la mesa conmigo. Fueguero, por otro lado, volvió a ser el mismo compañero del boque y del camino. No había miedo en sus ojos cuando me hablaba, y su sonrisa era el alivio que tenía en medio de aquella montaña. Pero cuando era momento de cosechar las horas, me daba cuenta de que pasábamos más horas en los templos y con nuestros maestros que en la compañía de nuestros amigos, al menos en mi caso, que me habían obligado a masticar la soledad como una raíz amarga.

Inclusive Trart sintió que todo mi obrar había sido una ofensa a su orgullo, porque había ocultado las palabras para ella, y había tramado todo para una gloria efímera. No pude encontrar los argumentos correctos o las frases suficientes para convencerla. Pocos días después de que sacáramos a Qutuq con Noson del laberinto, me encontré con la habitación vacía, sin su nombre en ninguna de las camas, sin su risa al costado de la ventana.

Fue una época oscura, dejé que mi propio odio creciera y se me subiera al cuerpo. Y rechacé incluso a aquellos que querían ser parte de mi alivio. Me fui endureciendo tanto por dentro como por fuera.

Ya terminando el tercer mes de mi peregrinaje solitario al templo del oeste, donde aprendía sobre el movimiento de los astros y los secretos de los cielos, me encontré a Neuguen en el interior del templo, en el escritorio donde se sentaba el maestro Gug.

-El maestro Gug no puede estar presente en estos días. Yo voy a reemplazarlo mientras tanto.

El anciano me sonreía, pero yo no era capaz de devolverle una mueca siquiera, como si las comisuras de mis labios hubieran sido cocidas para permanecer en una misma postura. Pero cuando empezó a usar las palabras y a desplegar la clase, todos mis pensamientos abandonaron toda oscuridad u odio. No me enseñaba simplemente sobre las distancias, los cielos y los números, sino que iba hilando, como en una gran urdiembre, todos esos conocimientos con las leyendas y con la historia. Era como entrar en un universo donde todas las luces brillaban y se mezclaban y el tiempo se hacía pequeño.

Cuando terminó la clase, me incliné ante el maestro y le besé las manos.

Los días siguientes fueron igual de maravillosos y en la maestría de aquellas palabras encontré un consuelo. Fue en realidad en la manera en cómo me abrió el camino hacia el conocimiento lo que me conmovió y me dio un espacio al cual abocarme por entero y olvidar toda la soledad que se me vaciaba por dentro.

La curiosidad floreció en mí y me llenó de un hambre terrible que no había sido capaz de sentir antes. Y pronto comencé a pasar todas las horas que podía en el templo del oeste, y encontré en este una belleza que antes no había visto. A pesar de ser pequeño y oscuro, era muy antiguo, acaso igual de viejo que el templo central y estaba labrado en su interior por los primeros maestros constructores. Habían tallado todos los primeros cantos, que dictaban la esencialidad de la ciudad.

-Has llegado demasiado temprano- me dijo Neuguen una mañana fría, horas antes de la clase.

-Usted también maestro- sonreí.

-Este es mi templo favorito- confesó- puede ser pequeño y oscuro, pero a medida que uno pasa tiempo en él encuentra la luminosidad de las estrellas y del saber, pero, sobre todo, este templo representa el viaje hacia uno mismo.

-A mí también me gusta el templo señor.

-Puedo darme cuenta, sin embargo, tenés que tener cuidado, mi niña, vaciar la soledad dentro de más soledad no es un buen camino, conduce, incluso al más sabio, a convertirse en un caroso vacío, lo arrastra a la oscuridad. Si todo tu conocimiento te lo guardas para vos misma, persiguiendo el egoísmo, no te servirá de nada y va a terminar arruinándote. El saber sólo es útil si puede ser compartido y usado para proteger a quienes amamos.

-Yo lo usé antes para proteger a quienes quería, incluso usé las palabras para evitar que cayéramos al abismo cuando veníamos a la ciudad- respondí con lágrimas que empezaban a amontonarse en mis ojos- pero todo lo que recibí fue desprecio, ambas veces.

-Y quizás siga pasando- dijo con calma- tenés un poder que supera a cualquier maestro o guardián de esta ciudad, inclusive a mí mismo- añadió casi riendo- algo innato y puro crece día a día dentro tuyo, y eso genera miedo incluso a aquellos que por su edad o investidura parecen sabios- la seriedad había vuelto a su rostro- pero no por eso debes llenar de odio el corazón, eso sería peligroso, para vos misma y para todos los que te rodean.

-¿Por qué me tienen miedo? ¿Creen acaso que los voy a lastimar?

-El que desconoce teme por regla general, y no todos tienen la capacidad de ver tu corazón como yo lo hago. A esos que se niegan a mirar hay que, quizás, quemarlos de luz hasta que sean capaces de entender. Pero en esta parte del mundo, en estos tiempos de la historia, el camino de la individualidad no es un buen recorrido, sino construimos con el otro, no vale la pena construir- de su bolso sacó un par de libros viejos, uno de ellos lo reconocí al instante, el pequeño y viejo libro que me había dado en su casa- No sos la primera con este extraño talento, hubo otra después de Mevem, tal vez en sus palabras encuentres más consuelo que en las mías.

Ese día me quedé hasta largas horas de la tarde en el templo, entrando en las palabras de la que fue llamada Bunub, en sus recuerdos y en su consciencia. Era la nieta de Mevem, y fue la segunda recordadora, sucediendo a su padre Osca, que era hijo de la tierra. Corrían los tiempos en que los hijos de la tierra y los hijos del agua vivían juntos, como una sola comunidad en la ciudad que aún se seguía cerniendo sobre la montaña, y se extendían hasta los valles.

-Bunub- me llamaban desde la plaza, di media vuelta para ver a la anciana Mevem, sentada en el banco de mármol, jugando con su bastón entre las manos.

-¿Si maestra?

-Dale a tu padre estos libros, dile que espero sus transcripciones pronto.

Yo era una niña en ese entonces, de alrededor de unos quince años, me quedé mirándola, ya no era la mujer de ojos dulces y amables de años atrás, se había ido endureciendo en esos últimos años, se había ido ocultando en la oscuridad de los templos, había ido en la búsqueda de una soledad que le oscurecía el semblante, y hacía que los años la afectaran aún más. Yo, sin embargo, incluso en mis tempranos años, pensaba que mi abuela había construido un mundo, si bien maravilloso, había aprendido a funcionar sólo con la gran guardiana como el centro del engranaje. Y al verla vencida por los años no sabía cómo iba a hacer el pueblo para funcionar sin ella. Ese sentimiento colocaba una enorme carga sobre mis hombros, me daba una insaciable necesidad de aprender.

En la soledad de mi casa, el hambre de la curiosidad era demasiado para mí, a pesar de la advertencia constante mi padre sobre mantener mis ojos y mis manos fuera de sus cosas. Así fue que una tarde abrí unos de los libros escritos en lengua antigua, para pronto perderme en las palabras. Era como abrir una puerta a un mundo distinto, donde podía sentir y oler todo lo que estaba a mí alrededor, era entrar a través de un pasadizo y volverme invisible para el mundo. Era una puerta al pasado, a través de la cual podía ir y venir como una sombra, sintiendo lo que otros sintieron, pensando palabras que no eran mías.

-¡Ara!

Una voz me sacó de la lectura. Era la voz de mi maestra a quien me llamaba desde ya la penumbra del templo.

-Ara, te he estado buscando por todos lados- decía Unu mientras yo intentaba volver a concentrarme en el presente y en la voz de Unu- ¿Qué hacés acá a estas horas? Tu clase terminó hace tres horas.

-Me quedé leyendo- le mostré los libros de Bunub- Neuguen me los ha dado.

Mi maestra había sido un refugio todo ese tiempo, donde me había escondido y maldecido en la soledad. Había estado cerca de mí y en estado de alerta.

-Neuguen- repitió y la cara se le quedó seca por unos instantes.

-Está enseñándome mientras el maestro Gug está de viaje.

-Ya veo- había cierto recelo en su voz.

-Es un gran maestro.

-Sí- asintió Unu pero con una expresión que continuaba sintiéndose ajena a ella misma- Se acercan las fiestas de la segunda centuria, es decir, se cumplen doscientos años del nacimiento de Mevem y por lo tanto el comienzo de la ciudad. Es una fiesta que he estado esperando por mucho tiempo- los ojos volvieron a brillarle- todos los hijos del agua de la ciudad y de las inmediaciones nos reunimos para la gran fiesta.

-¿Es decir qué vas a poder ver a tu hermano?

-Si está ahí afuera, sí.

Había temor en las palabras de mi maestra. Y sabía muy bien a qué respondía ese miedo que por momentos escalaba en Unu: la idea de que su hermano estuviera durmiendo en las entrañas del laberinto la había atormentado desde el día en que sacamos a Qutuq de aquella siniestra habitación. Y sus preguntas habían ido y venido tan descalabradas como el laberinto mismo.

-Seguro que sí- respondí tratando de darle ánimo.

-A veces creo que me tocó ser tu maestra para aprender- me había dicho uno de esos días cuando hablábamos del laberinto y yo le contaba las palabras que tenía ocultas en sus cimientos.

-Te traje algo- sacó un libro, apenas lo vi reconocí el formato, era un libro de un recordador- quiero saber cómo fue la primera vez, quiero saber cada detalle, y vos podés ver más allá de las palabras.

Abrí el libro e inmediatamente entré en ese otro mundo, en esa otra ciudad, tan antigua como la actual, pero al mismo tiempo con cierto aire de juventud. Las memorias eran del recordador Hjamajh, era joven y enérgico en el momento en que había escrito esas palabras. Y se sentía sobrecogido ante las dimensiones del nuevo palacio de piedra que los constructores estaban levantando en las afueras de la ciudad en honor a la primera centuria. Allí se llevarían a cabo los festejos y los banquetes.

-¿Qué?- preguntó Unu con ansiedad en cuanto levanté los ojos y me volví a concentrar en los colores que definía la luz de la luna.

-¿Los festejos no se hacen acá verdad?

-No, se hacen en la parte sur de la ciudad, en el templo de Mevem.

-Que fue construido para la primera centuria- terminé.

Le prometí que leería las palabras de Hjamajh, pero debía ser cautelosa con las inmersiones en las memorias. Con el tiempo y con cada lectura había ido descubriendo las consecuencias de ingresar frecuentemente en los recuerdos y las palabras de otros. Perdía la noción del tiempo, y en una sola lectura podía pasar un día entero sin que yo lo notara. Después de cada inmersión profunda podían pasar varios días en los que sufría desorientación, donde se me mezclaban los días presentes con los pasados, y llamaba a mis amigos con los nombres de los que ya no existían.

Cuando le pregunté a Neuguen sobre mi desorientación el anciano se puso serio y me miró con sus ojos que iban más allá de la vista misma.

-No sos como la mayoría de los recordadores, para vos entrar es revivir, por eso el cuidado no puede dejarse de lado. Con el tiempo y la experiencia vas a aprender a sumergirte y salir siendo vos misma. Pero por ahora, precaución mi niña, o podés perderte en los recuerdos de otros.

-¿Perderme cómo?

-Podés salir de una de esas memorias, y haber olvidado tu propio nombre.

Caminamos con Unu hacia la casa Aurora, mientras le contaba las palabras que Neugen me había dicho sobre mi soledad que estaba escalando, sin que yo lo supiera, a la oscuridad.

-¿Y te ha pedido algo?

-No- respondí con la sensación de que esa pregunta anidaba en el miedo.

El silencio se enroscó entre nosotras.

-¿A vos te ha pedido algo?- pregunté.

-No- respondió Unu y se guardó unos segundos en el silencio- En realidad hace un tiempo que me repite lo mismo.

-¿Qué cosa?

-Que voy a tener que elegir, que mi corazón, aunque se equivoque tiene la clave de guardar esta ciudad, de cuidar a su gente de los que traen el frío y el fuego. Y me ha dado un libro, uno muy viejo y que yo todavía no debería leer.

-Creo que esa es una mala costumbre en Neuguen- sonreí, pero Unu no me acompañó con su sonrisa.

-Pero es cierto, es sabio y tiene razón sobre lo que te dijo- me tomó la mano entre las suyas- arrastrar tu pena hacia la soledad es abrir una herida que nunca sana- y sus palabras sonaron como el dolor mismo.

Cuando entré de nuevo a la casa Aurora, fui directo a la habitación de Trart, abrí la puerta en un solo movimiento y la cerré a mis espaldas. Trart se quedó mirándome, un poco con el susto en la cara. Me senté frente a ella y le conté mis pensamientos y mis miedos, le expliqué sobre mi extraño talento que se desprendía de mí sin que supiera conscientemente cómo manejarlo.

Ella me escuchó vistiendo sus labios de silencio, escuchó de nuevo mi relato sobre el ingreso al laberinto, sobre el pasadizo, las palabras y la terrible habitación donde encontramos a Qutuq.

Cuando mis palabras terminaron de salir de mi boca se levantó y me abrazó. A partir de ese abrazo, me abrí, a través de las palabras a mis amigos que, hasta ese día, lo que más los había aturdido había sido mi silencio, y la arrogancia que ellos supusieron de mi alejamiento.

siete

El entusiasmo por la segunda centuria estaba en todos nosotros. Los preparativos ocupaban la mente y acompañaban la emoción de cada uno de los habitantes. Los grandes constructores estaban ya en la parte sur de la ciudad, crearían nuevas plazas, templos y monumentos en honor a Mevem.

Trart y Drerd no paraban de hablar de los increíbles edificios que su maestro Rogor les había contado que levantarían, y lamentaban no haber podido ir con él. Deseaban estar en la piel de Tut, el joven constructor un año agua mayor que nosotros que había pasado por cada uno de los templos y comenzado el entrenamiento en su oficio.

La primera centuria había sido un festejo digno de recordar. Los constructores, aparte de levantar el palacio en honor a Mevem, habían extendido las fronteras de la ciudad, construyendo nuevas viviendas, templos y fuentes para cientos y cientos hijos del agua que irían ocupando el espacio en los próximos cien años. En ese proceso también participaban los guardianes, los cuidadores del agua y los recordadores. Y tal como había sucedido en el pasado, todos los constructores habían migrado hacia la parte sur de la ciudad, Nilin y Tarat, los guardianes más importantes, también habían viajado. Neuguen le había recomendado a Nilin que me llevara, según las palabras de Unu, el anciano había alegado que si bien aún no era capaz de escribir en lengua antigua para realizar una crónica (aunque mi maestra y el anciano, ya en ese momento, sospechaban incorrecto), podía observar todo y participar como recordadora ya que no había nadie más que cumpliera dicho papel. Pero Nilin se había negado, diciendo que temía por mi juvenil irresponsabilidad.

Unu también se había quedado, porque era sólo aprendiz de guardiana todavía. Pero mientras yo refunfuñaba por no haber podido viajar, como nos quejábamos todos los jóvenes agua, Unu parecía feliz e incluso más relajada de ser la única guardiana activa en la ciudad.

Todas las noches nos juntábamos en el gran comedor de la casa Aurora, y yo me sumergía en las palabras de Hjamajh y luego les contaba todo lo que había visto. Unu se sumaba entusiasta a escuchar sobre los esplendores de las primeras fiestas.

Los festejos habían durado un mes, los artistas que vivían al norte de nuestra zona, llenaban la ciudad de colores, danzas, cantos y nuevas formas. Se realizaban inauguraciones de grandes edificios todos los días, grandes banquetes y bailes se llevaban a cabo casi a diario. Los ojos de mis compañeros brillaban cada vez que escuchaban estas palabras y la alegría se duplicaba en el aire que entraba a sus pulmones.

No les narraba, sin embargo, todas dudas que sentía entre las palabras de Hjamajh. Mientras más ingresaba en las memorias de los distintos recordadores iba reconociendo semejanzas, como si se repitiera el mismo patrón de un tejido. Todos ellos eran rebeldes de alguna forma. Hjamajh cuestionaba los enormes gastos y esfuerzos que se realizaban en los festejos, mientras que los habitantes de La Gran Llanura morían protegiendo a la ciudad de la guerra.

Había miedos y dudas en las palabras de Hjamajh que me quitaban parte del entusiasmo. Tenía tres libros de distintos recordadores, Leuel, Bunub y Hjamajh, escondidos en mi habitación. Una noche tomé el libro de Bunub y me sumergí en la profundidad de sus pensamientos.

El templo de la ciudad se encontraba repleto, en el núcleo Mevem oficiaba el ritual, yo estaba en el centro y decía las palabras sagradas para convertirme en la segunda recordadora de la ciudad. Mi padre Osca me miraba con orgullo del otro lado del templo. Estaba junto a mi hermano Ugu, habíamos nacido en la misma noche, y habíamos compartido sueños en el vientre materno, ahora él se había convertido en el guardián que reemplazaría a Mevem, y yo en la segunda recordadora. Esa noche hubo un banquete en la casa de mi padre, incluso la anciana Mevem estuvo ahí para festejar con nosotros.

Lua también estaba ahí, y sus ojos me miraban con anhelo, esperando que pudiéramos tener un momento sin toda la gente alrededor. Yo esperaba por lo mismo. Sin embargo Mevem me interceptó antes de que pudiera acercarme a Lua lo suficiente.

-Hija- me llamó.

-Abuela.

-Me alegro en el corazón que sigas los pasos de tu padre.

-Es todo lo que siempre quise.

-Y sos la primera hija de la luna en ser recordadora, eso es muy importante.

-¿Por qué abuela?

-No sólo sos mi sangre, y la sangre de mi pueblo, sino también llevás el verdadero designio de la luna, es una gran responsabilidad, llevar las palabras ocultas de un pueblo. La oscuridad sigue aumentando allá afuera, en la misma medida, casi, en que esta ciudad crece... es necesario que seas fuerte mi niña...

Sabía que a mi abuela la vejez le estaba costando, pero me sentí desconcertada ante aquellas palabras, era como seguir un hilo con muchas colas.

-Veo que pasás mucho tiempo con Lua- me dijo- no es algo bueno que dejes crecer demasiado ese cariño...

-Pero a mi papá le fue permitido.

-Sí, pero ese camino no está en tu nombre, no puede estar... nuevas leyes van a forjarse... la oscuridad es demasiada, la ciudad brilla demasiado, todos los grandes maestros no podrán abrazar una familia en la forma convencional de la palabra, necesitarán hacer de la ciudad su propia familia. Tampoco podrán nacer en la ciudad niños tierra, sería una trampa...

-Pero abuela, ¿cómo nos pedís eso? Mi hermano siempre ha soñado con una familia. No podés obligarnos a esto ¿Mi papá sabe?- la bronca se agalopaba en mis ojos y caía en lágrimas- y tu descendencia acabaría con nosotros.

Mevem no dijo más nada, me miró con tristeza, se levantó y se marchó.

Las páginas que debían seguir se encontraban arrancadas. Acaricié los bordes irregulares, y después seguí por la siguiente página escrita.

Bunub era varios años mayor a las memorias anteriores.

Las grandes murallas se habían erguido, los grandes portones negros estaban siendo levantados, ahora la ciudad, en vez de ser montaña simplemente se convertía en una fortificación antinatural. Intenté varias veces convencerla de lo contrario, pero hizo caso omiso de mis palabras. Ese día estaba de nuevo en su casa, buscando encontrar palabras que le hicieran ver que la ciudad debía abrirse para cada ciudadano.

Caminé por su casa y encontré sus memorias abiertas en la mesa. Me sumergí en ellas y el horror me golpeó. Mevem había incluido en las bases de la gran muralla un hechizo de sangre. Había implantado la magia prohibida.

Corrí hasta la entrada de la ciudad y encontré a Mevem sentada sobre una roca, mirando como las grandes puertas eran colocadas por sus maestros constructores. Estaba doblada y muy cansada, como si los últimos años hubieran sido la mayor carga para ella.

-Abuela.

-Bunub, noto que traes de nuevo la discordia.

-¿Discordia? ¿Cómo has podido? ¿Por qué le hacés esto a tu ciudad?

-Protejo a mi ciudad.

-No, las palabras que estás implantando significa que vas a dividir al pueblo.

-Joven aprendiz, todavía no sabés mucho de la antigüedad de las palabras que utilizo, de sus bendiciones y sus maldiciones. Los hijos de la tierra no pertenecen a la ciudad, sólo los que llevan el designio de la luna, mi designio, pueden quedarse. Separarnos es la única forma de protegernos los unos a los otros...

-No voy a permitirlo Mevem, te permití muchas cosas, renuncié a quien amaba por seguir tus pasos, permití que echaras a mi propio hermano de la ciudad, pero esto es demasiado, esto no voy a permitirlo.

-¿Vas a traicionarme?- me preguntó casi con una sonrisa.

-Usar magia de sangre es una traición a esta ciudad.

-¿Cómo sabés eso?

-Tu diario en tu casa.

-No debiste… hay cosas que no dije, ni siquiera las puse por escrito, llevo palabras atragantadas, pero esa tiene que ser mi piedra, no la tuya, no la del pueblo, esto tiene que hacerse.

-Por favor abuela, todavía hay tiempo de parar todo esto, es una locura, sé que hay otro camino, el agua siempre se abre nuevos caminos.

-Todo lo que hago es por la ciudad, también he sacrificado mucho, sacrificaría mi propia sangre… mi propio corazón- una lágrima resbaló por su mejilla.

Me paré frente a ella y lancé la palabra para despojarla.

-Thuqxarem…

Pero me bloqueó con la piedra de su bastón. Comenzó a cantar hechizos, intenté bloquearla y contraatacar, pero me bloqueó nuevamente. Nos enfrentamos y nos movimos bailando el círculo de la batalla, logré aminorar su poder, pero no detenerla. Antes de terminar el círculo me había inmovilizado.

Desperté en una celda y con la orden de abandonar la ciudad. Al día siguiente comencé mi camino hacia el exilio junto con todos los hijos de la tierra que eran expulsados hacia la llanura.

Atravesamos la gran muralla ya casi terminada, y aunque tenía muy pocas fuerzas canté unas últimas palabras antiguas, palabras de amor para que quedaran siempre guardadas en las rocas y guiaran a quienes siguieran su corazón. Ese era mi último acto de rebeldía.

También soplé en el viento mi despedida a Mevem.

-Tu sangre será tu redención y mi venganza.

A tres días en el camino vi con horror como las grandes murallas se desplegaban, una tras otras, se multiplicaban y alzaban en una maraña hecha de piedras. Un enorme laberinto se levantaba en la entrada a la ciudad detrás de los grandes portones que lo escondían. El gran laberinto había sido forjado, y no venía sólo… el viento traía el llanto de la gente de la ciudad, mi abuela se había unido al gran sueño, se

-¡Ara! ¡Ara!

Trart me sacudía. Abrí los ojos y respiré como si hubiese estado debajo del agua por mucho tiempo.

-¡Ara!

-Estoy bien, estoy bien.

-No parabas de decir cosas sobre sangre, traición y venganza ¿Qué te pasaba?

Era difícil para mí concentrarme en las palabras de Trart y no volver a las memorias, mi realidad daba giros y parecía desvanecerse.

-Mi nombre es Ara- susurré- mi nombre es Ara, Ara.

Mi visión comenzó a aclararse de nuevo.

-¡Ara! ¿Qué te pasa?

-Estuve demasiado tiempo, no podía salir.

-¿De dónde?

Señalé el libro.

-De las memorias de Bunub.

Trart me miró confusa. Le expliqué sobre las advertencias de Neuguen y mi joven amiga se tornó del color y la temperatura de la nieve.

-¿Y qué era tan importante que no podías salir?

-Neuguen me dio este libro por un motivo, y creo que sé cuál es. Bunub es la primera recordadora agua, y era como yo, podía meterse en las palabras. Ella estuvo cuando el laberinto fue construido, se enfrentó a Mevem y fue desterrada.

-Pero ella no era guardiana ¿o sí? ¿Cómo pudo enfrentarla?

-No tenía la experticia de Mevem, por eso fue derrotada. Pero, al igual que yo, podía dejar que las palabras fluyesen cuando hay peligro.

-¿Vos podrías hacer eso? ¿Incluso ahora, sin entrenamiento?

-No lo sé, quizás si alguien me ataca sí. Estando en las memorias de Bunub me sentí muy conectada a ella, sus palabras parecían las mías…

-¿Qué?

El aturdimiento me había golpeado la capacidad de habla.

-¡¿Qué?!

-Usar magia de sangre es una traición a esta ciudad.

-¿Qué significa eso?

-Eso le dijo Bunub a Mevem y yo se lo repetí a Nilin, cuando lo dije supe que no eran palabras mías, ahora sé de quién son.

Esa noche dormí entre sobresaltos, entrando y saliendo de épocas anteriores, viendo a Lua irse a otra parte de la ciudad para no volver jamás y luego volver a los ojos fríos de Nilin que me miraban fijamente. Viendo a Ugu salir de la ciudad de la mano de Arsa, y las lágrimas de Unu cayendo sobre mis manos. Viendo a Osca envejecer demasiado por la pena y luego verlo dormir en el edificio de las almas, lleno de personas bajo el laberinto. Viendo a mi madre sostener la mirada y no derramar ninguna lágrima. Viendo las manos de mi madre poniéndome el collar de piedras sobre mi cuello, y la risa de mi hermana mientras preparábamos el fuego y danzábamos para recibir la caza que mis hermanos habían traído. Soñé toda la noche con la lluvia cayendo sobre el fuego.

Desperté demasiado temprano, desayuné mientras el sol salía y me dirigí al templo a esperar la llegada de Neugen.

-Mi niña- me dijo en cuanto me vio- ¿otra vez llegando temprano?

-Anoche entré en las memorias de Bunub- dije sin rodeos- vi más de lo que mi espíritu debía.

-Ah.

-¿Cómo es posible que usted tuviese las memorias de Bunub si fue desterrada?

-Las trajo un antiguo recordador.

-¿Y por qué él las tenía?

-Ese libro había estado en su familia por mucho tiempo, había pasado de madre a hija, pero nadie nunca había podido leer las palabras que contenía. Así que lo robó de su casa materna para poder descubrir su significado.

-El guardián que lo recibió no creyó que esas palabras fuesen verdad, porque ninguna recordadora con el nombre Bunub estaba anotada en los registros. Sólo aparecía Osca, y luego Seles, quien empezó a ser entrenada en la expulsión de Osca a la llanura.

-Osca nunca llegó a La Gran Llanura- dije casi automáticamente.

-¿Y eso cómo lo sabés?- preguntó Neugen con curiosidad.

-Salió demasiado tarde, salió después de su hija, y el laberinto ya había sido forjado, fue atrapado como muchos otros hijos de la tierra.

-Eso no está en las memorias de Bunub.

-Creo que lo soñé- respondí, sin embargo con la certeza de que era cierto, ya con las memorias de Leuel había descubierto que al entrar muy seguido a las vivencias de un recordador podía ver más allá, incluso, de lo que fue escrito.

-Ah- susurró el anciano.

-¿Bunub tuvo hijos?- pregunté extrañada.

-No, pero si Ugu y Arsa, tuvieron una hija, Nila.

-¿Y cómo sabe eso?

-Antes los escribas bajaban a la llanura y llevaban registros de la población. Sin embargo Ugu y Bunub estaban incluidos bajo el rótulo de hijos de la tierra, lo que sabemos falso, supongo que fueron registrados así bajo el mandato de Mevem, en un intento de justificar su expulsión para las generaciones venideras. Nila, por otro lado, tuvo tres hijos tierra, pasaron cuatro generaciones antes de que naciera el primer hijo agua, y después de eso dejaron de hacer registros.

Nos quedamos en silencio por un momento.

-Nunca hubo un hijo de la tierra que se levantara y trajera la guerra a la ciudad como dicen los cantares ¿verdad?

-No.

-La única batalla fue entre Mevem y Bunub.

-Sí.

-Mevem ya tenía decidido separar a los hijos de la tierra y a los hijos del agua.

-Sí.

-¿Por qué? No entiendo, todo iba bien, ¿por qué?

Pero Neuguen no respondió, dejó que el silencio invadiera el templo, y que calmara mis sentidos.

-Usted quería que supiera la verdad, por eso me dio el libro. Quería que supiera que Bunub alteró en parte la naturaleza cruel del laberinto, antes de que entendiera, incluso, lo que era realmente y que gracias a eso Leuel lo burló, para que yo también pudiera hacerlo.

-Sí mi niña. He dedicado los últimos años de mi vida a estudiar a los recordadores, sus palabras esconden la verdadera historia de la ciudad, que no siempre coincide con los cantares. Son en verdad, una raza peculiar los recordadores, la mayoría de ustedes llevan la rebeldía en la sangre.

Le sonreí al anciano, mi rebeldía a la ciudad ya había sido probada antes, y los ojos del anciano me confirmaban que seguiría más allá. Pero mi sonrisa duró poco, increíblemente el anciano percibió, incluso, este pequeño detalle.

-¿Qué es lo que te molesta?

-Siento que nada es verdad... si los cantares mienten...

-¿Y qué es la verdad?- me preguntó.

-La verdad es... la verdad.

El anciano rio con un entusiasmo juvenil, se puso de pie y lentamente llegó hasta una de las columnas del templo.

-Digamos que esta columna es la verdad... y como verdad que es tiene la capacidad de sostener este templo... si la miramos de cerca podemos ver que es tan antigua como el templo mismo, es parte de todo…

Yo asentía a cada cosa que decía, convencida de que cada afirmación era una verdad en sí. Entonces golpeó con su bastón la base de la columna y esta que en un primer momento se veía sólida, se hizo añicos y se derrumbó. Inmediatamente me cubrí la cabeza esperando a que el techo del templo se viniera abajo, pero nada pasó. El maestro Neuguen me miraba desde el costado de la columna ahora en el piso, no se había movido ni un centímetro.

-La verdad- volvió a decir- es lo que todos nosotros decidimos que es la verdad, pero es algo que alguien puso ahí, a veces ayudan a sostenernos, a veces nosotros las sostenemos aunque ellas mismas ya no sostengan nada.

Me quedé mirando las piedras derruidas, sin ser capaz de decir nada más.

-Hoy es mi última clase- dijo después de un tiempo- Mañana el maestro Gug va a estar de vuelta.

-Es una pena escuchar eso.

El anciano me sonrió, y luego suspiró.

-Sí, la pasé muy bien, pero ya se acabó el tiempo, espero que ustedes mis niñas estén preparadas- suspiró y luego de un momento comenzó a desplegar su última gran clase.

Me encontré con Unu horas después y le relaté toda la historia. Vi pasar el enojo por su rostro en ráfagas rojas.

-¿Y cómo sabés que Bunub realmente existió si no está en los registros?

-Si ella hubiera sido una invención no podría haber entrado en sus memorias. Ella es real, también Ugu.

-Ugu tampoco sale en los registros de los guardianes.

-Festejar a la segunda centuria de Mevem sabiendo todo esto es un poco…-empecé a decir.

-Sí ya sé- respondió Unu antes de que pudiera decir otra cosa- pero por ahora no hay nada que podamos hacer, Nilin no va a creernos, ni tampoco a Neuguen, busca cada oportunidad para desvincular al anciano totalmente de las actividades de guardián.

Esa noche nos separamos con pena en el corazón, una pena que no fuimos capaces de disolver a lo largo de esos días, y que desentonaba con la alegría que acarreaban todos. Al final nos consolaba la esperanza de volver a ver a aquellos de quienes nos habíamos separado antes de entrar en el laberinto.

Una mañana en que la primavera empezaba a hacerse paso en el invierno, llegó Unu con un mensaje, al día siguiente partiríamos a la parte sur de la ciudad. Debíamos prepararnos para el viaje. Qutuq estaba sentado junto a mí cuando Unu nos leía el mensaje.

-Fueguero, vamos a ver a Calandria- le dije, y me sonrió con todos sus dientes ante el recuerdo de esos nombres.

-Así parece Yal.

§

El agua hierve en el fuego y otra tarde muestra su crepúsculo en un llanto lento de anaranjados. Es hora, me dice el día, para que vuelva a concentrarme en el sonido del viento y deje, de a poco, que todo el zumbido de palabras se aplaque en la noche que nos llega suave.

El viento, que siempre trae noticias, me cuenta que algo se mueve en la montaña. Ya soy demasiado vieja y no puedo moverme entre la brisa con ligereza. Y aunque puedo ver la tierra contraerse desde mi casa, el peso de los años no me permite que mis ojos se extiendan más allá, ni que mi voz haga las preguntas necesarias, y así debe ser.

Ya han pasados muchos años agua desde que entré a la ciudad, y descubrí el baile que se gestaba ahí adentro. Y demasiados años agua han tapado toda esta historia que me ha dejado, en los últimos años de mi vida, jugando con la soledad.

No se preocupen, terminaré de desenrollar esta historia, cuando mis huesos hayan descansado y el viento deje de susurrarme.

∫

ocho

Caminamos durante ocho días, descansando cada noche en distintos templos aguas. Deambulábamos por ciudades cuya alma parecía haberse fugado con los pasos de los ciudadanos que ya habían emigrado hacia el sur. El silencio y el aire frío era lo único que seguía creciendo en la ciudad, y ninguno de los caminantes nos atrevíamos a quebrarlo. Caminábamos entre las sombras, en un solo susurro de pasos.

En la medida en que seguíamos nuestros propios pies hacia el sur, las construcciones se espaciaban más y más unas entre otras y jardines florales aparecían entre medio, el clima cambiaba y la aridez de la montaña se mezclaba con el bosque. Las construcciones abandonaban la rigidez de la piedra y la madera tomaba su lugar. En estas zonas los constructores solían ser escasos. Los habitantes usaban sus manos para construir sus propias casas, lo que les quitaba aquella presencia imborrable de solemnidad que tenían las construcciones del norte, pero les permitían ser casas del tiempo, y por eso desprendían aroma a hogar. Ese día mi deseo se hizo sueño, soñé con vivir en alguna de esas casas, y trabajar con los telares o cuidar de los acuná y sembrar las flores de las memorias, como aquellos hombres y mujeres… y pasar el invierno arropados junto al fuego.

El aire era más húmedo y las montañas un poco más bajas, y el viento traía susurros de mar desde el otro lado de la montaña. El frío nos acompañaba con el paso de cada uno de los días. De modo que debíamos cubrir nuestros pies con botas de pieles, y tapar nuestras piernas con lanilla debajo de nuestros vestidos.

La ciudad era una sola, pero al mismo tiempo, era muchas ciudades que seguían un mismo hilo conductor. Pasamos de la piedra, a la madera, y después al barro, a pequeñas casas circulares hechas de adobe y paja.

Ahí vivían los ocultadores del agua, su trabajo no podía ser nombrado. Vivían en la austeridad absoluta, y al igual que en La Gran Llanura, eran personas de pocas palabras, llevaban el rostro cubierto de tatuajes y cicatrices y pocas veces dejaban verse a la luz de la luna.

Y después del barro volvimos a ver de nuevo la piedra. Nuestro camino terminaba a la vista de las grandes estructuras, las enormes plataformas de piedra que servían de altares y escenarios. Todos los pasos se detenían en el mismo lugar, frente a la gran pirámide rectangular. En la cima brillaba sin cesar las luces que reflejaban los espejos en una altura que tres personas una sobre la otra no podrían alcanzar. Eran las luces eternas en honor a Mevem.

Pero la primera señal no fue la piedra, ni la opulencia de las grandes construcciones. Fue el bullicio, primero suave, como el ruido a lluvia, y después, mientras más nos acercábamos, se volvía como la tormenta y como los truenos. La electricidad de aquella ciudad repleta envolvió el ritmo de nuestros pies, y nos hizo movernos como en una danza secreta, una danza que nuestros cuerpos, después de mucho tiempo dormidos, parecían haber recordado.

Trart me tomó la mano, y empezamos a correr por la ciudad. Éramos los últimos en llegar y no podíamos esperar para unirnos a esa celebración ilícita que se desplegaba en las calles. Queríamos que nuestros ojos lo vieran todo, y que nuestros cuerpos se movieran con esa necesidad ancestral que nos crecía por dentro.

Los bailarines y los artistas habían invadido las calles, era como si la primavera, sin permiso, hubiera estallado en medio del invierno. Voces cantando pasaban corriendo y saltaban de escenario en escenario, detrás de ellos los cuerpos se movían con la flexibilidad y ritmo del viento.

En ese momento Qutuq me alcanzó, y me tiró del brazo con tal fuerza que pensé que era arrastrada por la tormenta. No pude ver mis pasos, sólo seguía la dirección en que mi brazo era tirado entre la multitud que bailaba y reía en la calle. Cuando por fin se detuvo, unos brazos me recibieron y un cabello negro me tapó la cara.

-¡Yal!

Había sólo una persona que me podía llamar de esa manera.

-¡Calandria!- grité, y mis brazos apretaron su cuerpo fibroso y flexible.

Su nombre era Iwi, dulce como el canto que desprendía cuando subía a las tarimas, ligero como sus pasos que imitaban el viento. Le dije que mi nombre era antiguo y de sombras de luz, pero ella prefería el nombre del pájaro, lo mismo para ella misma.

-Es más libre, me dijo, tener un nombre que vuele como pájaro.

Entonces entre nosotros tres se restauraron aquellos nombres, que en los labios parecían barro dulce, moldeable que levantaba el cariño que se había forjado en el camino. Pasamos los siguientes días juntos como si no hubiese transcurrido ningún día sin separarnos. Incluso Qutuq, que volvía a ser Fueguero, y yo volvíamos a sentarnos uno siempre junto al otro, con Calandria intermediando nuestros cuerpos, bailando en la sintonía de nuestras risas. Qutuq y yo nos dimos cuenta, sólo ahí, que nuestra amistad estaba completa con la joven de nombre libre uniéndonos.

Calandria lloró cuando supo que Fueguero no había salido del laberinto, se sorprendió con el relato sobre como salió, me miró serena y sin miedo cuando le dije de mis designios y habilidades, y terminó riendo con su frescura y su libertad.

-Me asusté mucho cuando salí y no estaban ninguno de ustedes dos- nos dijo- Tardé horas, largas horas en salir, pero pude hacerlo en la primera noche. Después esperé en la salida del laberinto casi todas las noches. Pensé que salíamos todos al mismo lugar.

-Yo también pensaba lo mismo- respondí- también esperé por ustedes.

Nuestra alegría se mecía al mismo ritmo que la música, cada tarde las calles se llenaban de máscaras, colores y melodías y realizábamos largas procesiones de canto y baile por toda la ciudad. Durante el día íbamos de templo en templo, comiendo los manjares que se habían estado preparando durante semanas para la celebración. Al final del día quedábamos sin fuerza en los pies y dormíamos en enormes casas que se asemejaban a la casa Aurora. La llegada de Calandria y su séquito de bailarines y cantantes que nos obligaban a arrastrarnos en serpientes de personas en la cual no sabíamos dónde terminaba o comenzaba la cabeza o la cola. De modo que, en el movimiento incansable de las fiestas, no había notado la ausencia de mi maestra.

Sólo en la quinta tarde, escuché su voz en el viento entre medio de los sonidos de las flautas, comencé a seguirlo, a escurrirme entre la gente hasta que la voz se hizo nítida y me encontré una radiante Unu frente a mí.

-Viste, te dije que iba a escucharme- le dijo a un joven alto y fornido, de rostro extraño que estaba junto a ella y tenía los mismos ojos volcados en miel- Él es mi hermano Katari- me dijo Unu.

-Ese es mi nombre tierra- la corrigió- mi nombre agua es Krork.

-Ara, Yal para los amigos del camino, y Kaha para mi madre y la gente que dejé en La Gran Llanura.

Los ojos de Katari sonrieron, y para mi sorpresa me abrazó y me levantó unos centímetros sobre la tierra. No pude evitar que la risa se me resbalara. Al mirarlo de cerca, vi que la extrañeza de su rostro eran las marcas que lo atravesaban, tatuajes e interminables cicatrices que surcaban formas y caminos, y a modo silencioso decían su oficio: era un ocultador de agua.

-Mi hermana dice que la cuidás.

-Ella me cuida a mí, es mi maestra, una excelente maestra.

La felicidad de Unu radiaba hacia todos lados. Por fin había encontrado al hermano por quien tanto había llorado y todos los miedos que se habían desatado en su carne ahora se los llevaba un tranquilo curso del río. Nuestro alivio de saber que no dormía en las oscuridades del laberinto se mecía como las ramas de un viejo sauce ante una suave brisa.

Los guie hacia donde estaban los demás. Formábamos un grupo de al menos quince personas entre pupilos y maestros. Artistas, guardianes, constructores, escribas, sanadores, el ocultador de agua y la única recordadora, asistíamos todos juntos a los banquetes para después salir bailando por las calles. El único que muchas veces se limitaba a seguirnos era Krork, temiendo que su conducta no fuese la adecuada. Luego llegaba Unu y lo arrastraba a las caravanas de música recordándole que en las centurias no había reglas, no había oficio más importante que otro, no había límites, todos nos volvíamos simples hijos del agua, todos éramos por primera y única vez ciudadanos de Horizonte Blanco. Entonces Krork volvía a ser Katari, volvía a ser un niño de la llanura que no tenía la cara marcada y bailaba al ritmo de los tambores y hacía piruetas para provocarnos la risa a Unu y a mí.

En las calles también conocimos a los otros aprendices de nuestro sector, quienes habían nacido dentro de la ciudad y a pesar de ser del mismo año agua que nosotros ya se encontraban aprendiendo sus oficios. Eran seis, dos constructores, un aprendiz de guardián de templo, un maestro iniciador, un aprendiz de guardián y un guía del camino.

Uno de ellos me miraba con la determinación de la flecha. Era un joven alto, de piel cobriza y ojos vivos, tenía una belleza y algo de salvaje por dentro, sentí un calor recorrer mis brazos y mi pecho, y por un momento pensé que quería que le siguiera los pasos en un baile. Pero antes de que pudiera dar un paso hacia la música, me miró con desprecio y me dio la espalda. Me detuve en seco, como la sentencia de la roca al caer y chocar con el inflexible piso.

-Se llaman a sí mismos los antiguos- me explicó Unu.

-¿Cómo?

-Pertenecen a generaciones ininterrumpidas que han nacido dentro de la ciudad, creen que eso los hace ciudadanos preferenciales, y creen que ellos deberían estar en los altos mandos, porque dicen que llevan la historia de nuestro pueblo tallada en la sangre.

-Es ridículo- protestó Calandria.

-Ya lo sé, incluso mientras más generaciones de agua tengan en su familia, más rango se imponen dentro de su pequeña comunidad- Unu señaló a un muchacho que me había estado mirando anteriormente y que luego me tiró todo su desprecio- Ése es Pimip, tiene al menos cinco generaciones de agua en su familia que han nacido en la ciudad, alega incluso que sus antepasados conocieron a Mevem.

Ciertamente podíamos notar como Pimip lideraba su pequeño grupo y mostraba cierto desprecio hacia nosotros, como un perro viejo que muestra los dientes desde la distancia.

-¿Tienen algún poder realmente?- preguntó Fueguero.

-Un gran número de guardianes han surgido de hijos agua nacidos en la ciudad, por lo tanto los antiguos siempre han estado muy cerca de los altos rangos, por eso les molesta tanto cuando alguien de las afueras es nombrado guardián o recordador- me guiño un ojo con suspicacia- Pimip ha empezado su formación como guardián este año, debería haber sido mi aprendiz, pero como los guardianes de la ciudad sabían que nunca me aceptaría como maestra la mismísima Nilin ocupó ese lugar.

Todos nos quedamos en silencio, las palabras de Unu decían sin decir que nuestra guardiana principal era también una antigua.

-Pero yo creo que terminé ganando- terminó Unu y me abrazó.

El desprecio de los antiguos, que sólo se unían en celebración a otros hijos de la ciudad de diferentes sectores, no nos quitó el sueño ni aminoró nuestras ganas de bailar entre las calles. Calandria iba de escenario en escenario, uniéndose a otros músicos, cantando y bailando, los demás la seguíamos desde las calles. Katari, cuando entraba en el trance del baile buscaba mis pasos y mis manos, y juntos bailábamos como si el resto del grupo hubiese desaparecido. Era como si el tiempo y el espacio se volvieran espuma, y reíamos sin miedo, porque no había nada que fuese más importante que nuestros cuerpos bailando en ese momento.

La sexta noche se cernía sobre nosotros, y las máscaras habían venido a ocupar el lugar de nuestros rostros, máscaras que nos habían hecho confeccionar en la soledad, como preparativo a estas fiestas, con madera de sonóu. Yo había confeccionado una cara con rasgos de búho, pero todo se podía observar en los otros rostros, rasgos de antepasados o caras demasiado largas o angulosas.

Íbamos en procesión sin saber quién era el que estaba a nuestro costado, quién era el que bailaba adelante o detrás de cada cuerpo. Cada máscara se había hecho en secreto, y en ese momento era nuestra otra cara. Bailaba mientras avanzaba, y a poca distancia vi a un joven con las características físicas de Katari, se movía con soltura y llevaba una máscara de jaguar. Me fui acercando lentamente, y bailé junto a él con entusiasmo. Él me siguió y no se separó hasta que la procesión llegó a su fin, terminaron de sonar los tambores y llegó el momento de sacarse las máscaras. En cuanto nos despojamos de esas otras caras, nos sorprendimos al no reconocer el rostro del otro. Yo lo había confundido con Katari, y él seguramente con alguien más.

Sin embargo me quedé mirándolo un momento más. Había algo que reconocía en su rostro, pero todavía no sabía qué.

-¿Cuál es tu nombre?- pregunté.

-Nun.

-Ara.

-Tengo que volver- empezó a decir.

-¿De qué parte de la ciudad sos?

-Un poco más al sur de esta ciudad.

-Creo que te conozco, ¿de qué parte de La Gran Llanura venís?

-Nací en Horizonte Blanco.

Era un antiguo, inmediatamente retrocedí unos pasos para dejarlo pasar, imaginando que mi presencia lo ponía incómodo. Sin embargo el me miró casi divertido, mientras daba un paso más cerca de mí.

-Fue un placer, Ara de la llanura, bailar con vos.

Su sonrisa, su forma de hablar cantarina impactaron inmediatamente en mi memoria.

-¿Quién fue Leuel para vos?- pregunté.

Su sonrisa se desvaneció, dio media vuelta y se perdió demasiado rápido entre la gente, sin darme la posibilidad de seguirlo.

Al día siguiente intenté buscarlo entre la muchedumbre, pero cada vez que lo vislumbraba entre la multitud desaparecía y se volvía niebla entre las personas. Dejé de intentar acercarme, él sabía que yo conocía su secreto, y supe que vendría a mí cuando el momento fuera el adecuado.

Me preocupé entonces, en estar con el verdadero Katari y bailar con mis amigos. Ninguno de nosotros, sin embargo, hizo mención en los días posteriores a la noche de las máscaras. Ser otros había sido peligroso para todos, y era algo que preferíamos guardar por dentro.

Finalmente, el noveno día de festejos llegó a su fin, y con él terminaban los bailes y los banquetes. Todos concordábamos que nueve noches eran suficientes, porque después de bailar tanto por las calles, nuestro cuerpo ya no sabía cómo arrastrar el cansancio que veníamos cargando noche tras noche.

Después de la última jornada, Trart estaba acostada junto a mí en la casa que teníamos asignada, a pesar del agotamiento que se anclaba en nuestros cuerpos, no podíamos dormirnos, todavía teníamos los sucesos de todos esos días impregnados en la piel, y las imágenes de cada baile recorriéndonos como relámpagos por nuestras piernas y brazos.

-¿Y qué pasa entre Krork y vos?- preguntó finalmente Trart.

-Katari- dije- prefiero decirle Katari, y a él se le iluminan los ojos cuando le digo así- respiré profundo y luego respondí su pregunta- No sé, sólo puedo decirte que un miedo nuevo me ha empezado a crecer en estos últimos días.

-¿Cuál miedo?

-Miedo de que llegue el momento en que tengamos que volver nuestra parte de la ciudad.

-Porque no vas a volver a verlo.

-Sí- respondí- pero de todos modos nada importa, ni a los recordadores ni a los ocultadores se les permite sentir o hablar de amor- recordé entonces las palabras de Bunub y su terrible dolor al separarse de Lua.

Nos quedamos en silencio, y para evitar que mi dolor alcanzara a Trart embestí yo con otra pregunta.

-¿Noson entonces?- pregunté.

Los dos jóvenes incluso antes de las fiestas habían estado uno muy cerca del otro. Trart, después de nuestra incursión al laberinto, se había responsabilizado de ayudar a Noson a aprender y pronto lo había logrado. Sin embargo, durante las fiestas habían sido inseparables, incluso Fueguero me había comentado que los había visto besándose en el medio de la caravana.

Trart se puso del mismo color que el cabello de Fueguero y entre risas nerviosas me respondió.

-Hay algo que ha ido creciendo entre nosotros, desde que salió del laberinto con vos. Al principio pensé que era un cobarde, pero después de lo que hizo me mostró otra cosa, el verdadero rostro que había ocultado. Y creo que se ha ganado una parte de mi corazón desde entonces.

Esa noche conversamos hasta que la lengua se nos enruló y el cansancio se hizo más fuerte que nuestra voluntad. Al día siguiente comenzaban las ceremonias. Las grandes inauguraciones y los ritos en honor a Mevem, en donde la fiesta y el colorido descontrol le daban paso al aplacamiento y a la seriedad.

De la noche a la mañana la ciudad había pasado del ritmo de la alegría y el baile, a las solemnes ceremonias y caminatas. Y otra vez volvíamos a ser separados y rotulados por nuestros oficios. Nos sorprendíamos de esta capacidad que habíamos mostrado de tener otras caras y otras risas, de hablar con otros colores, de bailar como si nuestros cuerpos fueran otros. Pero más nos sorprendía tener que observar la cara de piedra de la ciudad después de haber conocido su rostro floral.

Era en esta rigidez, que sentíamos y notábamos como nueva, a pesar de que siempre había estado ahí, que teníamos que asistir a los ritos se llevaban a cabo en toda la ciudad. Cada grupo, según su oficio realizaban asombrosas demostraciones en escenarios solemnes y planos como la roca.

Trart y Drerd, junto con el resto de los constructores hicieron una danza a partir de la cual alzaron una nueva plataforma religiosa. Los bailarines y cantantes habían cambiado su vestimenta y cantaban imitando el sonido del agua de pozo para acompañar cada ritual.

Unu y Tarat hicieron una danza que asemejaba un combate, pero en vez de intentar inmovilizarse el uno al otro, hacían bailar el agua de una fuente y le cambiaban el color en la medida que iban cerrando el círculo.

Mi oficio era el único silenciado, era la única que no homenajeaba a Mevem, debido a que Nilin había considerado que mis palabras no estaban maduras. Sin embargo, esto no me molestaba. Después de las revelaciones que había visto en el libro de Bunub rendirle homenaje a la creadora del laberinto era oscurecer el agua que tenía por dentro.

Katari y los ocultadores del agua ya no se encontraban a la vista. Todo iba volviendo al esquema que correspondía y mi corazón se arrugaba por ello.

Después de cinco días de ceremonias y homenajes, llegó el día de la última celebración. Nos reunimos todos ante la gran pirámide rectangular. Los cuatro consolidados maestros de la construcción se paraban frente a nosotros. Este era el último ritual de los constructores, y después vendría la ceremonia final, que se llevaba a cabo en el interior de la pirámide, ahí se iba a cantar la gran historia, para que todos supiesen sobre la grandeza de la ciudad. Estaba escrito que un recordador debía hacerlo, pero en este caso, Nilin iba a llevar a cabo la tarea. Después de ese último cantar beberíamos juntos sólo una vez más para finalmente emprender el viaje de vuelta a cada rincón de la ciudad.

La multitud estaba esperando a que el último ritual de los constructores comenzara, sin embargo, todas las miradas se dirigieron al cielo, cuando este, repentinamente se tornó oscuro y amenazante. En La Gran Llanura, un evento así era considerado un mal augurio, acá en la ciudad, simplemente fueron necesarias palabras de dos maestros de las nubes y los vientos para que el cielo volviera a su claridad habitual.

Los constructores empezaron a danzar frente a la gran pirámide, y para el horror de todos, la enorme construcción se vino abajo y se estrelló contra el suelo en miles de golpes secos y duros. Pudimos escuchar como todos los grandes espejos se trizaban para que luego la nube de polvo los devorara. Sin embargo, los maestros continuaron su danza, sin permitir que el miedo del público los distrajera. Y poco a poco, las piedras que se habían hecho añicos sobre la tierra comenzaron a reconstituirse, y fueron colocándose unas sobre otras. Esta vez las murmuraciones que se desprendían fueron de asombro y alabanza. Las piedras siguieron levantándose, hasta que pudimos ver un enorme edificio, una nueva pirámide rectangular, mucho más grande, más esplendorosa que la anterior, levantándose.

Cada edificio se levantaba sobre el anterior, y la misma piedra molida volvía a ser usada como material para lo nuevo. Cada templo que se levantaba debía convertirse en un reflejo de una época diferente. Y los cuatro maestros constructores esperaban que el siguiente siglo fuese aún más grandioso que el anterior.

Los maestros terminaron de danzar y realizaron una reverencia, mientras los vítores, alabanzas y aplausos se extendían en el aire como miles de pájaros.

La multitud fue invitada a subir, y junto con los otros empecé a trepar por una escalinata mucho más alta que la anterior. Pero a pocos metros de llegar a la cima, una vez más en aquellas fiestas, escuché la voz de Unu en el viento. Mi maestra se había ido de mi lado momentos antes de que empezara el último ritual para responder a un llamado de Tarat. Y ahora su voz, con cierta urgencia, me susurraba a través del viento.

Comencé a devolverme por entre medio de la multitud, hasta que un brazo me detuvo.

-Ara ¿A dónde vas?- Fueguero me miraba sosteniéndome el hombro desde unos escalones más arriba.

-Es Unu- respondí- me llama- y sin pensarlo si quiera dije- algo pasa, algo malo pasa.

Fueguero me soltó, pero bajó un escalón y se paró a mi lado.

-Voy con vos.

-No…

-Voy con vos.

Sus ojos brillaban con tanta intensidad que no tuve la fuerza para evitar que me acompañara, mis ojos aceptaron la demanda de los suyos y nos pusimos en movimiento. Bajando contra la marea de gente que subía y empujaba en la dirección contraria. Cuando llegamos al final de la escalinata giramos hacia la izquierda y comenzamos a correr por las calles ahora desiertas.

Corrimos hasta encontrarnos frente a la puerta de una pequeña casa, de su interior fluían las palabras. Entramos y hallamos a Unu caminando de un lado a otro, con lágrimas en los ojos.

-¡Ara!- corrió y me abrazó- ¡Ara algo terrible ha pasado! ¿Qutuq?- dijo al ver al muchacho y también lo abrazó- menos mal que están acá, menos mal que llegaron.

-¿Está Katari bien?- pregunté asustada.

-Sí, él está bien.

-¿Qué pasó entonces?

Unu volvió a pasearse de un lugar a otro, arrastrando el miedo que no podía ocultar.

-Es Neuguen, Neuguen ha muerto.

Por un par de segundos, mi corazón se detuvo.

-Ha sido asesinado… Tarat nos ha traicionado.

-¿Tarat asesinó a Neuguen?- preguntó Fueguero cuyo rostro había perdido su expresión característica, en cambio, el terror marcaba surcos en sus rasgos.

Unu asintió y las lágrimas volvieron a correr por su rostro.

-Ara- dijo Unu y su voz comenzó a quebrarse- hay tantas cosas que debería haberte contado y explicado, pero ya no hay tiempo, y ahora tengo que pedirte demasiado, tengo que pedirte algo terrible.

-¿Qué?- pregunté- lo que sea, voy a hacerlo.

-Ya lo sé- sonrió Unu con tristeza mientras las lágrimas continuaban surtiendo- Necesito que vuelvas a nuestra ciudad, ahora, sería mejor si vas acompañada- miró a Fueguero, que inmediatamente asintió- y te prepares…-la voz se le cortó de nuevo.

-¿Qué me prepare para qué?

-Para hacer un viaje muy largo, fuera de la ciudad, fuera de La Gran Llanura, a donde se extiende la oscuridad.

-¿Por qué?- preguntó Fueguero.

-Necesito que encuentren algo que ha estado perdido mucho tiempo, algo que pensé que era sólo un mito hasta que te escuché Ara, hasta que me contaste de la batalla entre Mevem y Bunub. Necesito la piedra Ara, sos la única que la ha visto, sos la única que puede encontrarla, la necesito para defender la ciudad y detener a Tarat.

-¿Y Nilin? Ella es la guardiana, ¿no puede detenerlo?

Unu negó con la cabeza, y con sus ojos me dijo que sabía que las fuerzas de Tarat eran superiores. El miedo comenzaba a escalar por mi columna dorsal y mi corazón latía tan rápido que apenas me dejaba pensar. Pero las ideas se acomodaron finalmente y las palabras de Unu cobraron sentido dentro de mi cabeza.

-¿Cómo hago para llegar a la ciudad pronto?- pregunté- a pie es un viaje de ocho días.

Unu sonrió ante mi predisposición, sabiendo que haría todo lo que ella me pidiera.

-Con lengua antigua- respondió, y me susurró las palabras- Diciendo esa frase podés viajar con dos personas más- hizo silencio, me miró intensamente y después dirigió su mirada a Fueguero- Aparte de Qutuq, ¿en quién más podés confiar?

-Trart, Iwi y Noson- repondí.

-Bien

Comenzó a caminar alrededor de nosotros susurrando palabras muy viejas, y cada vez que completaba un círculo algo en nosotros cambiaba, nos volvíamos del color del viento, hasta que ya no pude ver mis pies, ni el cabello color de fuego de mi compañero.

-No pueden ser vistos- explicó Unu- Vayan a buscarlos, nos vemos cuando despunte el alba en el templo del oeste. Tengan todo preparado para el viaje.

-¿Y vos?

-Yo voy a informarle a Nilin sobre la traición de Tarat, váyanse ya, no hay tiempo que perder.

Nos dirigimos a la puerta.

-Ara, una cosa más- me llamó Unu- Katari, seguramente, va a buscarte, por favor, decile que voy a estar bien y que…

-Yo le digo- abracé a mi maestra, siendo liviana y transparente como el viento y después salimos casi volando con Fueguero, tomados de la mano para no extraviarnos en nuestra liviandad por la gran ciudad.

Llegamos a la nueva gran pirámide, y subimos rebotando por las grandes escalinatas. Entramos al gran salón y recorrimos a flote la multitud. Nilin estaba terminando su discurso, hablando de la grandeza de Mevem y los cimientos fuertes de la ciudad. Trart y Noson estaban sentados tomados de la mano junto a Reger y Drerd. En el otro extremo se encontraba Calandria junto a otros músicos. Le ordené a Fueguero que fuese por Noson y Trart, y que buscaran la forma sutil de salir del laberinto. Yo por mi parte floté hasta Calandria, me senté detrás de ella y le susurré al oído. Calandria saltó asustada llamando la atención de los compañeros que estaban sentados junto a ella.

-Calandria, soy Yal- volví a susurrar- he usado palabras antiguas para volverme viento, necesito tu ayuda. No puedo explicar ahora, pero necesito que vengas conmigo.

Le susurré las instrucciones, y Calandria comenzó a moverse lentamente entre la multitud. Levanté mis ojos hacia donde estaban Noson y Trart, y vi que también se escabullían entre la gente, pero no eran sólo ellos, Reger y Drerd los seguían con disimulo. La bronca me galopó las mejillas ante la imprudencia de Fueguero.

Una vez que estuvieron todos afuera, les pedimos que bajaran las escalinatas y que se dirigieran hacia unos de los primeros templos de la ciudad. Apenas llegamos, pronuncié unas palabras y Fueguero y yo volvimos a ser visibles, y nuestros cuerpos recuperaron su consistencia habitual.

Todos nos observaban con asombro en la punta de la lengua, iba a comenzar a explicarles lo que sucedía cuando alguien más entró en el templo: Katari, tal como Unu lo había predicho. Me miró y con los ojos me pidió que les diera a todos las palabras que esperaban, así que comencé a hablar.

-Tarat ha matado a Neuguen- dije sin preámbulos- ha traicionado a la ciudad y debe ser detenido, Unu, mi maestra, me ha pedido algo que no puedo hacer sola- tomé aire profundamente- me ha pedido que salga de la ciudad, que me dirija más allá de La Gran Llanura, allá donde la oscuridad se esparce para encontrar algo- me detuve, dudé en si debía dar toda la información- algo que va ayudar a detener a Tarat.

No flotó una palabra, ni un suspiro.

-Sé que es mucho lo que les pido, por eso, no quiero que se sientan en la obligación, son libres de decir que no, pero necesito saber si alguno de ustedes puede acompañarnos a Fueguero y a mí en este viaje.

Hubo silencio por un momento, luego Calandria se nos acercó sonriente y nos dijo:

-Por supuesto que voy, no voy a dejar que ustedes dos solos viajen tanto, a lugares tan oscuros sin la luz de la música.

Le sonreí a Calandria, y la enredé en mis brazos. Después de soltar a Calandria y levanté la vista. Katari me miraba desde la distancia, y con sus ojos me decía que también seguiría mis pasos, también a él le regalé una sonrisa y le agradecí con los ojos.

-Yo también voy- dijo Noson y luego tomó las manos de Trart- pero quiero que vos te quedés.

-Acá también va a haber guerra- respondió Trart- y vos sabés de qué lado voy a estar, prefiero ayudar a Ara en esto, porque de uno u otro modo, no me voy a quedar con los brazos cruzados.

-¿Reger? ¿Drerd?- preguntó Fueguero.

-Voy- respondió Reger.

-Perdón- dijo Drerd- no puedo.

-Está bien Drerd- respondí- pero no podés decirle de esto a nadie.

-No por supuesto que no.

-Lo acompaño afuera- dijo de pronto Katari y vi algo extraño en sus ojos. Tomó del brazo a Drerd, y prácticamente lo arrastró hacia la puerta y siguió caminando con él alejándose del templo. No pude evitar seguirlos, y vi, unas cuadras más allá, a Katari colocando su dedo pulgar en la frente de Drerd, escuché que murmuró unas palabras y después lo dejó ir. Drerd salió caminando en línea recta sin mirar hacia atrás.

-¿Qué le hiciste?- le pregunté a Katari cuando lo alcancé.

-Cambié su memoria, ahora no sabe nada lo que se dijo acá dentro.

-¿Por qué hiciste eso?

-Porque iba a delatarnos con su maestro y nunca íbamos a poder salir de la ciudad- me miró intensamente, quien me hablaba no era el muchacho de ojos bondadosos que había bailado conmigo y me había hecho reír hasta que el dolor alcanzaba mis pulmones, quien me hablaba era un hombre, serio y con la decisión en los ojos- ahora, sabés las palabras para llegar a la ciudad ¿no?

Asentí con mi cabeza y se las susurré.

-Bien, vos viajá con ellos dos- señaló a Fueguero y a Calandria que salían del templo en dirección a nosotros- yo viajo con los otros ellos tres- dijo refiriéndose a Trart, Noson y Reger.

Su voz y cuerpo eran asertivos y me exigían que siguiera sus órdenes, sin embargo, la duda era igual de creciente como la marea.

-¿Estás seguro qué podés con tres?- dudaba de que pudiera usar la magia antigua, a pesar de la entereza de su voz.

Sin embargo sólo obtuve una sonrisa de respuesta, llegó hasta donde los tres muchachos estaban, les pidió que se sostuvieran de él, dijo las palabras, y se fue volando con el viento. Yo por mi parte tomé a Fueguero y a Calandria por los brazos y les pedí que bajo ninguna circunstancia me soltaran, repetí las palabras e inmediatamente nos encontrábamos viajando entre las ráfagas más altas. Las palabras nos hacían de viento para viajar veloces como las nubes, pero también nos protegían del frío y del hielo.

Viajamos durante horas, de tal modo que pudimos ver declinar el día en la noche, y despúes nos convertimos en una sombra más en medio de las oscuridades. Cuando pensamos que el canto del viento ya no iba a parar comenzamos a descender, lentamente, hasta que por fin nos encontramos traspasando grandes murallas que delimitaban el corazón de nuestra ciudad.

Apenas aterrizamos volvimos a ser carne y caímos extenuados al piso. Sólo Katari permaneció de pie y comenzó a mirar con extrañeza y alerta a su alrededor. Llegó hasta mí y me ayudó a ponerme sobre mis pies, a recordar mi peso y mis movimientos, a mantener el equilibrio como el pájaro sobre la rama.

-Hay que apurarse- dijo simplemente, y entre los dos pusimos a los demás de a pie, para luego correr hasta la casa Aurora.

Lo más rápido que pudimos, tomamos nuestras vestimentas y toda la comida que nos fue posible guardar. Salimos en silencio de la casa, diciendo secretamente un adiós lastimero a otro de nuestros hogares. Cerramos la puerta con miedo y lágrimas, pero sabiendo que debíamos mirar como el cóndor, a través de la altura, el camino largo que nos esperaba.

nueve

Llegamos al templo del oeste aún con la oscuridad cerniéndose sobre nuestras cabezas. Nos refugiamos en el interior de templo y esperamos hasta que la luz comenzara a aparecer en el horizonte.

El cielo comenzaba a pintarse de violetas y rosados cuando Unu irrumpió en el templo, su cuerpo estaba cambiando, se transformaba desde el viento a la carne, cayó sobre sus rodillas en la escalinata y Katari y yo corrimos a levantarla. El color todavía no llegaba a su rostro y se confundía con el cansancio que se dibujaba en su semblante.

-Ya vienen- susurró.

La arrastramos adentro del templo y la sentamos en la silla que usualmente utilizaba el maestro Gug. Unu realizaba terribles esfuerzos para hablar, al principio no podíamos entender lo que decía, pero poco a poco el sonido se volvió silbante de nuevo dentro de su garganta.

-El libro, el libro, hay que sacar el libro.

-¿Qué libro?

-Allá- señaló la pared que se levantaba a nuestro costado.

Katari como si pudiese leer los pensamientos de su hermana, se incorporó y llegó hasta la pared, comenzó a tantearla hasta que encontró una roca removible, que ocultaba un espacio imperceptible, secreto a los ojos de cada uno de nosotros. Katari sacó un libro pesado de hojas amarillentas de su interior.

-El libro de los primeros hijos de la luna- dijo Unu casi sin voz- contiene todas las palabras del lenguaje antiguo, todos los hechizos y danzas que se pueden decir y también aquellos que se deben callar… sólo este libro existe… una copia… de uno más antiguo…

-Por lo que se dudaba de la existencia de este libro- terminó Katari y Unu asintió.

-Ese es el único ejemplar que existe- continuó Unu- Tarat sabe de su existencia, y viene por él.

-No puede tenerlo- dije y Unu volvió a asentir.

-Ahí hay instrucciones, un mapa para llegar a la piedra… Neuguen las agregó.

-¿Neuguen?- pregunté.

-Él tenía el libro, él lo escondió acá- Unu se puso de pie- Tenemos que irnos.

Katari me entregó el libro, y yo lo coloqué en mi bolso, con el resto de las cosas. Salimos del templo y fuimos encandilados por una luz plateada que recorrió el cielo y cubrió la ciudad en todas direcciones, como un estallido de luna que duró apenas unos segundos.

-Ay no- dijo Unu.

-¿Qué?

-No podemos salir volando de la ciudad, ha colocado un conjuro sobre los cielos- dijo Unu- Ya sabe de nosotros, sólo hay una forma de salir ahora y va a estar esperándonos.

No era necesario que Unu lo dijera, todo comprendíamos lo que eso significaba: debíamos salir por el laberinto. Atravesamos la ciudad corriendo, mientras nuestros pasos retumbaban en las cavidades de las rocas y las casas aún vacías. Cuando llegamos a la plaza circular, una figura se erguía y nos impedía el paso.

-La ciudad está cerrada. Nadie entra, nadie sale- dijo Tarat.

-No tenés la autoridad para decretar eso- dijo Unu, saliendo de nuestras espaldas y dando un paso al frente.

Al verla, el rostro de Tarat se endureció. Dio un paso al frente también.

-Tengo el poder para decretarlo.

-Tarat- el tono de voz de Unu se volvió dulce de pronto, y se sumió en una súplica- por favor, no tenés que hacer esto, es un error... tus decisiones nos traen sólo pérdidas.

-El tiempo no corre para mí, corre para vos... después de todo es el camino que marcaste...

Los ojos de Unu se humedecieron.

-Sabés que no puedo, y vos... así... vas a hacer que todos perdamos.

Tarat dio un paso más al frente, con intenciones de apelar otro lado de Unu que hasta el momento desconocía, pero antes de que las palabras se hicieran sonido, una luz se hizo en la puerta del laberinto y por un momento nos cegó a todos. Cuando la luminosidad comenzó a opacarse, pudimos ver como la figura de Nilin se delineaba y tomaba forma, su figura se imponía sin ocultar la furia que hacía que sus ojos brillaran terriblemente.

Tarat primero se cubrió de la intensa luz, luego cuando descubrió la figura de la guardiana, nos dio la espalda para enfrentarse a Nilin.

-¡Traidor!- gritó Nilin.

-¿Yo traidor?- dijo irónicamente- yo intento salvar a esta ciudad de todas las mentiras en las que ha sido fundada. Intento liberar a todos de oficios que dicen contener sus nombres. Yo sólo vengo a rescatar esta ciudad.

-Vos intentás destruirla, no te lo voy a permitir, vas a perder todos tus privilegios, las normas de tu nombre no te llevarán más allá, a partir de hoy te condeno al destierro- respondió Nilin, golpeó con su pie en el piso y el círculo de batalla se dibujó entre ellos dos.

-Si me enfrentas no habrá piedad de mi parte- advirtió Tarat.

-Yo soy la guardiana de esta ciudad, el poder reside en mí.

-Ya eliminé al anciano, pero él ni siquiera quiso danzar, esto no va a ser mucho más difícil.

Empezaron a danzar a través de la línea del círculo. Unu me tomó del brazo y me arrastró hacia un costado. Rodeamos a los combatientes hasta la entrada del laberinto, mientras los dos guardianes danzaban y desprendían hechizos de sus palabras, se bloqueaban y atacaban sin punto de quiebre. Miles de luces se desprendían de sus cuerpos y de sus palabras, provocaban que la tierra temblara tan fuerte que parecía que el cielo se fuese a resquebrajar.

Logramos entrar en el laberinto, esquivando escombros que caían de las mismas altas paredes que habían sido alcanzadas por las palabras, cuando el círculo se estaba cerrando. En apenas unos segundos, en el último minuto antes de que la danza terminara, Tarat lanzó palabras que llegaron justo al centro del pecho de Nilin. En un principio se quedó petrificada, mirando con pánico a su alrededor queriendo averiguar si el hechizo le había hecho efecto o no. De pronto su rostro se asemejó a la piedra, y luego, lentamente, se deshizo en agua.

Esa fue la última imagen que vi de aquella magnífica señora, severa y dura, pero fiel a la ciudad, antes de que las murallas del laberinto me cegaran la vista.

Corrimos por el camino amurallado que parecía no tener fin, sabiendo que Tarat seguiría nuestros pasos, pero no llevábamos mucho tiempo corriendo, cuando de pronto una muralla se levantó ante nosotros y nos impidió el paso, provocando que retrocediéramos y cayéramos hacia atrás.

-Tarat nos impide el paso- dijo Unu y giró sobre su espalda para volver sobre el camino andado.

-Jeruti- dijo Katari y la tomó del brazo.

-Hermano, ya lo has visto, la única forma en que ustedes salgan de acá es si yo lo enfrento.

Katari la miró fijamente y después de vacilar un momento la soltó.

-¿Qué? ¡No!- grité yo comenzando a entender lo que sus palabras significaban.- Unu no podés enfrentarlo.

-Ara- dijo Unu con toda la tranquilidad que pudo- No soy inocente en todo lo que está pasando…

-No me importa.

-Ara, si me escondo ahora, voy a hacerlo toda mi vida. Tengo que enfrentarlo, tengo que terminar esto y hacerme cargo de lo que hice.

-¡No Unu no! ¡Va a matarte!

-No, no va a matarme, a lo sumo va a encerrarme en una celda o en el mismo laberinto.

Me abrazó por un lapso que consideré demasiado corto, luego se incorporó y comenzó a alejarse. Grité y lloré, quise volver sobre mis pasos, decir alguna palabra que le impidiera el paso, pero Katari me agarró por la cintura, y me cargó como si fuese una niña cuyo capricho no había sido saldado.

No pude ver cómo el círculo entre Unu y Tarat fue trazado, no pude ver cómo mi maestra intentó defenderse, no pude ver su danza ni cómo el círculo fue cerrado. Sólo veía las grises paredes del laberinto que parecían derretirse en la medida en que mis lágrimas caían y seguía siendo cargada por los fuertes brazos de Katari.

Pero en la medida en que avanzábamos nuevas paredes se levantaban y nos impedían el paso. El laberinto nos estaba encerrando a plena luz del día, esto sólo significaba que Tarat había alterado la naturaleza del laberinto para evitar que avanzáramos. Le pedí a Katari que me soltase, y cuando estuve de nuevo sobre mis pies intenté calmarme, para así permitir que mis ideas fluyeran de nuevo como arroyo calmo. Para eso fue necesario sacar a Unu de mis pensamientos, y enfocarme en lo que acontecía.

-No podemos correr por el laberinto sin saber cuál es nuestro destino- dije al fin- Tarat nos está encerrando.

-No puedo guiarme en plena luz del día- dijo Katari.

-¿Cuál es nuestro destino?- preguntó Calandria.

-Necesitamos salir de la ciudad, pero más que eso, necesitamos que el laberinto nos lleve al límite.

-¿Cuál límite?

-Donde terminan las tierras claras y empieza la oscuridad. Y si Tarat puede usarlo a la luz del día debe haber una manera de que nosotros lo hagamos también.

Saqué el libro de mi bolso y empecé a mirar, lo más rápido que podía las palabras que estaban ahí escritas. Me detuve en una pequeña palabra, killanti, que era algo similar a luna de día.

Solté la palabra en voz alta y después comencé a repetirme nuestro destino reiteradas veces, mientras que caminaba en círculos y miraba las distintas aberturas que se abrían ante nosotros. Repetí la misma secuencia ante los efectos de la palabra hasta que fiel como siempre mi nombre apareció dibujado en una de las paredes. Le sonreí a mi nombre y les dije a los demás que me siguieran.

-Canta esa palabra- le ordené a Calandria- todo el tiempo.

Calandria comenzó a cantar casi en un murmullo sin detenerse, y entre su canto comenzamos a seguir mi nombre, sólo visible para mí. Corrimos durante horas, entre las paredes del laberinto, hasta que finalmente Reger cayó de rodillas, exhausto y todos nos detuvimos y nos derramamos sobre el suelo, completamente agotados. Respiramos intentando llenar nuestros pulmones del aire que nos faltaba.

Los primeros en levantarse fueron Noson y Katari, sacaron fruta y pan de higo de sus mochilas y comenzaron a repartirlos entre nosotros. Comimos y descansamos, no más de lo que hubiéramos deseado. Nos pusimos de pie nuevamente y continuamos nuestro camino, esta vez caminando, porque nuestros músculos agarrotados no nos permitían otra cosa.

Caminamos hasta que la noche llegó y se posicionó sobre nuestras cabezas la madre luna. Calandria por fin pudo dejar de cantar y mi nombre brilló esta vez a la luz de la luna.

De repente Katari nos pidió que nos detuviéramos mientras miraba el cielo.

-Algo ha cambiado- dijo- el hechizo que nos prohibía volar ha caducado.

-¿Eso significa que podemos volar?- preguntó Trart.

-Eso significa que Tarat también puede volar- dijo Fueguero.

-Exactamente- respondió Katari- si nos lanzamos a los cielos nos va a cazar como halcón con plumaje nuevo. Es conveniente seguir a pie. Ara, buscá el conjuro.

Inmediatamente entendí qué era lo que Katari me estaba pidiendo. Saqué el libro y empecé a buscar en sus páginas las palabras que no le permitirían a nadie volar, mientras Katari se movía a nuestro alrededor y recitaba palabras. Lentamente nos fuimos volviendo del color del viento, nos mezclamos con el color de las rocas y la gravedad comenzó a jugar con la composición de nuestros cuerpos. Utilizó las mismas palabras que había usado Unu con Fueguero y conmigo para evitar que fuésemos vistos.

Busqué por varios minutos hasta que finalmente encontré las palabras y se las mostré a Katari.

-Acá están- dije y empecé a pronunciar las palabras pero Katari me detuvo.

-Yo lo hago- dijo- Necesitas guardar tus fuerzas para seguir guiándonos.

-¿Y qué hay de las tuyas?- pregunté sin comprender del todo sus palabras.

-De eso no hay que preocuparse- dijo sonriendo.

Conjuró las palabras y el cielo se volvió plateado por un instante, para luego regresar a la oscuridad que cerraba la noche. Elegimos uno de los muchos aljibes que habían dentro del laberinto, nos acurrucamos a su alrededor, y dormimos casi flotando sobre las rocas.

Las horas de sueño fueron pocas, en las primeras claridades del sol nos levantamos, aprovechamos los frutos de un membrillo que el laberinto nos había proporcionado, para luego seguir la marcha, bajo el nuevo canto de Calandria que nos regalaba los encantos de la luna en la presencia del sol y me permitía seguir viendo el signo de mi nombre entre las rocas de los pasillos.

Katari igualó mis pasos, y se puso a hablar del verano, y de las ciruelas y los duraznos, con una especie de nostalgia arrastrada que jugaba en sus palabras. Pero yo no quería saber de los días, ni la siesta, ni el calor, y de alguna manera, él lo sospechaba, por eso en el primer momento que su lengua pareció aminorar su marcha le pregunté.

-¿Cómo es que podés usar las mismas palabras que un guardián?

-¿Cómo podés vos usarlas?

-Puedo leerlas.

-Yo no.

-Pero podés decirlas, podés invocarlas y usar su magia como un guardián.

-Todo hijo del agua puede usar las palabras.

-Pensé…

-Vos sos la prueba, usaste el poder de tu voz sin necesidad de instrucciones, ese poder reside en todos. Los grandes maestros, a través de la historia, consideraron peligroso que todos pudieran usar las palabras, así que las dejaron al alcance de unos pocos, y con el tiempo, el acceso se ha ido limitando incluso para los mismos maestros.

Mis ojos le dijeron que no comprendía.

-Los maestros constructores, por ejemplo, sólo acceden a cierto grupo de palabras, pero no a todas, sólo los guardianes pueden usarlas en su plenitud.

-¿Y los ocultadores del agua?

-¿Qué sabés de nosotros?

-Sé lo que se dice por ahí, entre rincones.

-¿Qué se dice?

-Que han sido maldecidos en su nacimiento, que sus nombres guardan la dureza y que por eso no se deben nombrar, al igual que con su oficio, pero me parecen crueldades.

-Hay algo de verdad en esas crueldades, las marcas que llevamos en nuestro rostro y que se perpetúan por nuestro cuerpo, son jaulas para contenernos.

-No entiendo.

-Los ocultadores del agua tenemos demasiada luna adentro, no siempre lo podemos contener. No nos permiten acercarnos a la lengua sagrada, pero la conocemos, y nos sale con naturalidad. Se nos permite usarla con un único fin…

Pero las palabras se le trabaron y no quiso seguir hablando, a pesar de que le ofrecí la insistencia en el borde de mi piel.

Tuve miedo, ese día, porque la facilidad de la que hablaba Katari era la misma con la que yo había nacido, ¿por qué no me hicieron ocultadora a mí también? Era la pregunta que rondaba por mi cuerpo.

El trayecto siguió a lo largo del laberinto, y a diferencia de las veces anteriores en la que me había sumergido en sus inmensidades monstruosas las horas parecían detenerse entre sus paredes, de modo que nuestras sombras parecían esconderse siempre debajo de nuestros pies y no querían avanzar más allá de ese punto. Nuestro extrañamiento llegó a tal punto que un momento la voz de Noson expresó la pregunta que todos saboreábamos como yerba amarga.

-¿Qué hora marca el sol?

-Parece medio día- respondió Fueguero.

Nos sentamos bajo un árbol que salía de la roca, inclinado hacia nosotros.

-Este árbol- dijo Calandria- es muy particular, ¿no les parece?

Todos acordamos que las palabras de Calandria hablaban con claridad, su inclinación y la manera en que sus raíces borbotaban de la roca lo distinguían notablemente de cualquier otro.

-Ya lo he visto- dijo Calandria.

-Las sombras no han crecido- dijo Reger- el medio día nos persigue desde hace rato.

-No pude ser- contesté- Mi nombre nunca se ha perdido, y ¿Cómo es posible que el tiempo se haya detenido?

-Si tu nombre no se ha perdido, no estamos extraviados- dijo Katari- Estamos estancados acá.

-¿Cómo?

-Nos han atrapado en una esfera sin tiempo, caminamos hasta su límite y volvemos a empezar, es un círculo.

-¿Qué?

-¿Quién puede hacer eso?

-¿Cómo lo rompemos?

Las voces eran un diluvio de tintes de temor.

-Hay una canción- dijo entonces Calandria- una de las primeras canciones sobre un hombre que ya tenía sus codicias cosidas al cuerpo, y había sólo una cosa que su hambre de garras no podía alcanzar... el tiempo.

Todos nos quedamos en silencio, escuchando la suave voz de Calandria, susurrar y cantar la historia.

-Tiempo

es el único recurso

que el hombre no puede controlar

El que tiene el tiempo

controla todo lo demás.

Aquél hombre

de codicias arrinconadas,

esperó al sol

en su punto más alto,

y se pintó el cuerpo

de palabras con su sangre,

 pero el espíritu de la naturaleza

 contiene la sangre de todos,

y no se puede alterar.

 Aquel que codiciaba

el don de la vida,

quedó atrapado

 en un agujero de cristal,

en un pequeño punto

 de tiempo y espacio,

 y se hizo viejo,

y le llegó la muerte

 mientras la vida,

afuera,

 pasaba.

-Entonces, ¿estamos atrapados?- preguntó Fueguero.

-Nos han encerrado.

-Han usado magia de sangre.

-¿Cómo lo rompemos?

-Ara buscá en el libro.

Las voces giraban mientras las páginas se resbalaban en mis dedos, una y otra vez, pero las palabras que buscaba no aparecían en las hojas. No estaban las palabras que condenaban el tiempo, ni tampoco aquellas que lo desataban. No podía entenderlo, era el libro que lo mostraba todo, eso sin embargo, se lo guardaba. El libro era al igual que un maestro antiguo, sabía que podía darnos y que no.

-El libro no quiere mostrarme esas palabras- dije.

Reger tomó el libro, en su desesperación y se puso a buscar, los demás se contrajeron detrás de sus espaldas para mirar las palabras que pasaban. Pero pronto se dieron cuenta que las palabras estaban escritas en la lengua antigua, sin traducciones. Ninguno de ellos podía entender más que dibujos pintados en el papel.

Me quedé mirando el árbol inclinado, intentando no pensar en el cauce que arrasa hacia la desesperación. Me quedé observando el árbol, su ancianidad, la fuerza que tuvo todo ese tiempo para crecer de la roca, para volverse todo lo retorcido que fuera posible, y regalarnos, como un testigo invisible, toda su belleza. Una lágrima resbaló por mi rostro, la atajé con mi mano antes de que cayera y se estrellara contra el suelo, y se la regalé a aquel extraño algarrobo, que de alguna forma, me consolaba.

El algarrobo tomó mi lágrima, y para darme las gracias, se vistió de vainas. Antes de que pudiera sonreírle, nos cubrimos de luz y estallamos por todas partes. Sentí como todo se volvía humo, y mi espíritu viajaba sin control, pensé que nada de mí iba a permanecer. Pero después volví a sentir mis ojos, volví a sentir el cuerpo frente a la brisa y debajo del sol tibio de la tarde. Abrí mis ojos, y vi a todos, a cada uno de mis compañeros y amigos mirándome sin poder volverse palabra. Vi todo, menos al viejo algarrobo. Una lágrima de regalo le había bastado para volverse luz y devolvernos el tiempo.

Me acerqué a Calandria, que miraba, al igual que yo, el espacio vacío del árbol.

-Canta esto Calandria, volvé música este sacrificio, y que flote por el aire - le dije- que llegue a todos lados, para que el mundo sepa que hay luz en cada rincón, y que sus posibilidades son grandes y amplias como el sol mismo.

Calandria cerró los ojos y empezó con un murmullo primero, y después su tono comenzó a ascender, a vibrar, a recubrir cada espacio, se convirtió en aire que entró en nuestros pulmones y nos hizo volvernos agua antigua, agua vieja que corría por nuestros ojos, invadía los pasillos, y se acumulaba cuantiosamente, agua vieja que también comenzó a caer del cielo, y se unió al canto, a nuestro dolor, a las sombras que se doblaban bajo el agua.

Llovió hasta que el agua se hizo una sola y nos levantó sobre nuestros pies, nos permitió flotar y deslizarnos por un río que nos arrastraba como en una caricia que recorre el cuerpo.

Ya sin la necesidad de seguir ningún nombre, ni la luz de la luna, nos dejamos arrastrar por el agua que bailaba con el canto de Calandria, y volamos en el agua dejando por debajo las oscuras paredes de piedra, e introduciéndonos en la niebla de las nubes que todavía no dejaban de llorar.

Nadamos y fuimos río mientras el canto de Calandria vibró en el cielo, cuando su canto menguó lo mismo hizo el agua, y nuestras lágrimas dejaron de cesar, y las piedras drenaron al igual que nuestras ropas y el dolor que inexplicablemente se había albergado en nuestros pechos se disipó como la niebla que nos había hecho invisibles.

La niebla le abrió el paso a la montaña.

Miramos hacia atrás y vimos las grandes murallas del laberinto levantándose a nuestras espaldas.

Habíamos salido de Horizonte Blanco, y las grandes montañas nos abrían el sendero del norte, el cual deberíamos seguir durante los siguientes meses.

diez

Después de nuestra salida del laberinto toda la energía que nos movía se había ido con el agua y se había vertido en el cauce de los ríos. Dormimos dentro de una cueva. Dejamos que la noche y el día pasaran por los huecos entre las piedras. Despertamos un par de veces para alimentarnos y volver a cerrar los ojos, como si una noche continua nos besara los párpados.

Despertamos después de dos días de un manso letargo, como la primavera que despierta después de muchas mañanas del helado invierno.

Caminamos hasta encontrarnos con el río, rellenamos nuestras bolsas de cuero, y Calandria le cantó al agua de deshielo, y el río le regaló peces y plantas comestibles. El río era honorable y respondía al canto antiguo, al canto amable de Calandria, y su petición de hambre.

Seguimos caminando, bordeando el río durante cinco días. Adentrándonos en montañas y saliendo de ellas siguiendo el camino como un cordón umbilical que parecía guiarnos a la esencialidad de la montaña. Aprendimos a caminar junto al río y comer lo que nos daba, a beber y bañarnos en sus frías aguas.

No podía evitar comparar ese viaje con el primero que hicimos, casi un año atrás, como niños agua. Pensaba en ese primer transcurso y el recuerdo de mi madre, se hacía pesado como el collar de piedras que llevaba en el cuello, y las imágenes de sus manos se interponían entre las nubes. Así como la visión de mi abuela, quien había emprendido el gran sueño años atrás. La cercanía constante al río me traía, sobre todo, una y otra vez, memorias de mi abuela danzando junto al río, mostrándome la danza de la gente azul, la gente protectora de las aguas y sus profundidades, cuyo nombre se creía mito y los más antiguos nos dibujaban sus historias en el fuego.

Desde ese momento, pude entender, por debajo de la piel, que cuando viajamos nuestro lenguaje interno viaja por nuestro interior. Mientras recorríamos, subíamos y bajábamos, los recuerdos y los pensamientos nos invadían en medio del silencio que nos regalábamos los unos a los otros. Dentro de mí pasaba algo extraño, cuando había emprendido mi camino hacia la gran ciudad, me había concentrado en todas aquellas aptitudes que me hacían hija de la luna, en ese momento, por el contrario, venían a mi mente todas aquellas experiencias que me habían hecho sentir completa entre los hijos de la tierra. Todos parecíamos pasar por un transcurso similar, de modo que había días que el aroma del viento nos traía y nos llenaba el rostro de nostalgias de La Gran Llanura.

Cuando salimos de nuestros hogares maternos, la mayoría de nosotros desconocía el destino que nos esperaba, muchos apenas reconocíamos el nombre de Horizonte Blanco, y los murmullos que llegaban casi en un silbido de las poblaciones más allá de las grandes montañas nos entristecía. No habíamos tenido tiempo de despedirnos.

-Conozco este lugar- dijo una tarde Reger, cuando bordeábamos un pico demasiado alto para nosotros- Vine acá hace años atrás con mi padre, le seguíamos el rastro a un guanaco que se nos había extraviado- el entusiasmo escalaba por su rostro- mi pueblo está a tres días de acá, mi madre nos recibiría y podríamos dormir en el calor de su casa y... tendríamos pan caliente en...

El rostro de Katari y el mío se entristecieron al escuchar el entusiasmo bailante de Reger.

-¿No entienden?- preguntó Reger- ¡Estamos muy cerca!

-No podemos ir Reger- contesté.

-¿Por qué no?

-Es muy peligroso- dijo Katari- tu familia estaría en peligro, todo el pueblo podría recibir la furia de Tarat.

-Pero ya no nos persigue, ya salimos del laberinto.

-Igual sigue al acecho, va a hacer todo lo posible para que no pasemos más allá, a donde se junta la gran oscuridad y nos llevemos el libro con nosotros.

-¿Cómo podés saber todo eso?

-Lo he visto, he visto las posibilidades, como el curso que podría seguir una gota de agua.

-¿Visto cómo?- preguntó Fueguero.

-Es lo que los ocultadores del agua hacemos- contestó Katari- vemos lo posible.

-¿Ven el futuro?- preguntó Calandria.

-No, el presente es el futuro que se extiende eternamente, nosotros estudiamos las visiones que el agua nos dan del presente, y ese presente nos da visiones, visiones de lo posible.

-Entonces, ¿sabías que todo esto iba a pasar?- pregunté.

-Estuvimos viéndolo desde un tiempo atrás, desde el día del gran error, lo distinguimos a partir del único día que no previnimos, sabíamos que esto iba a llegar, sólo faltaba una pieza- sus ojos se clavaron en mí.

-¿Por qué no lo advirtieron? ¿Por qué no hicieron nada?

-Sí lo advertimos, les mostramos a los guardianes que la oscuridad empezaba a perder su densidad, que el corazón del laberinto se tornaba violento, Neuguen escuchó, Nilin no tanto, no lo creyó posible, no creyó que nadie estuviera por sobre su poder... su ceguera es la causa de su caída... pero además de pasarles la palabra a los guardianes, no podíamos hacer otra cosa, los ocultadores no deben intervenir, estamos condenados a ser espectadores.

-¿Y por qué estás acá, entonces?- preguntó Reger.

Todos nos habíamos ido posicionando en un círculo alrededor de Katari.

-Al igual que ustedes, estoy rompiendo mi juramento, y mi nombre va sangrar junto a sus nombres. Es una decisión que germinó en mí hace mucho tiempo.

Guardamos silencio por un momento y sólo el canto de un grillo resonó a la distancia.

-Katari tiene razón- dije finalmente- Quizás Tarat piensa que todavía nos encontramos en el laberinto que, si no hubiera sido por el sacrificio del algarrobo, sería de ese modo. Tenemos ventaja, pero no podemos arriesgarnos a acercarnos a ningún poblado, sería demasiado egoísta de nuestra parte, todo aquél que esté en contacto con nosotros, de ahora en más, se convierte a sí mismo en condena.

Reger asintió en silencio, nos dio la espalda, recogió sus cosas y emprendió la marcha. Los demás lo imitamos.

Caminamos siguiendo los rumores de río en la montaña durante muchos días. Las palabras rebotaban en el interior de nuestros dientes y no eran capaces de salir. Caminábamos hasta llegar exhaustos a la noche y no poder hacer otra cosa que acurrucarnos entre las rocas, o si teníamos suerte en el interior de algún gran jume que ahuecábamos.

Pronto dejamos atrás toda huella de los poblados tierra, sólo los pájaros y los guanacos nos avistaban o acompañaban entre tardes y mañanas de viento que escalonaba frío. Más allá, a donde nos llevaban nuestros pasos, sólo veíamos la oscuridad levantándose, y la esperanza parecía no cruzar más allá de la cadena montañosa que debíamos terminar de atravesar.

Un atardecer, nos encontrábamos sentados en el interior de la cueva, ya dispuestos a descansar, acompañados por el rumor de las aves acomodándose entre las ramas para dormir, cuando Calandria nos habló con palabras cuidadosas de caudal tímido.

-Los pájaros… han cambiado su cantar…

En la ciudad no enseñaban dicha habilidad, la creían una superstición que las madres tierra utilizaban para asustar a sus hijos. Pero dentro de La Gran Llanura, los grandes sabios se entrenaban en el arte de conversar con las aves, de entender el simbolismo de su canto y del batir de sus alas. Esta habilidad permitía saber lo que sucedía en tribus aledañas, incluso, más allá, donde el viento se convertía en hielo.

-¿Qué es lo que dicen?- le pregunté a Calandria.

-Tienen miedo, hay peligro acercándose.

-¿Qué peligro?- preguntó Trart.

Pero Calandria no tuvo tiempo de responder, una bandada de aves salió volando despavorida, y un rayo cayó a unos metros de nosotros, tumbándonos al piso, y dejándonos completamente aturdidos. Nos levantamos con el entumecimiento agarrado al cuerpo y comenzamos a correr apenas nuestras piernas comenzaron a respondernos. Polvo y humo impedían la vista, y pronto, dejé de ver a mis amigos que corrían a mi lado, y sólo vi sombras dibujándose entre la polvareda.

Me senté detrás de una roca para cubrirme e intentar encontrar a mis compañeros, cuyos corazones debían estar latiendo tan rápido como el mío. Una sombra negra cruzó por el cielo, por un cielo sin nubes, ni muestras de tormenta. Tenía forma de pájaro, pero era más grande que cualquier ave que hubiese visto, y era más densa, más oscura y más terrible. De aquella figura monstruosa caían rayos que golpeaban la tierra.

Escuché gritos a mí alrededor, y me sentí tan desesperada como la primera vez que entré al laberinto, y los gritos de mis compañeros me atormentaban a cada paso.

De alguna forma hice un esfuerzo para aclarar mi mente, miré hacia atrás y caí en la cuenta de que nuestras cosas habían quedado dentro de la cueva, que ahora apenas se podía visualizar entre la tierra y el humo que flotaba en el aire.

-¡Ara!- gritó una voz entre la tierra.

-¡Acá!- respondí, y continué gritando hasta que vi la figura de mi amigo Fueguero acercándose.

-¡El libro!- grité- ¡Hay que volver por el libro! ¡Está en la cueva!- me paré y comencé a correr resbalando entre la arenisca y la piedra.

-¡No podés volver!- me gritó Fueguero mientras me agarraba del brazo, y me impedía seguir.- ¡Es muy peligroso!

Pero no había otra opción, permitirle a Tarat encontrar el libro y que viera el mapa que nos guiaba, suponía la total pérdida de nuestra misión. Todo mi pensamiento estaba más lejano que mi cuerpo, y fuerzas que provenían de mi propio instinto que me comandaron correr de vuelta a través del polvo y las centellas.

Mis piernas se volvieron más veloces y mi vista se fijó en la entrada de la cueva. Una sombra creció a mi costado y me tiró al suelo cuando otro relámpago cayó a unos metros de nosotros. Katari me cubría con su cuerpo. Por el otro costado, Fueguero que había seguido mis pasos desde atrás, intentó levantarme y mover mi cuerpo rígido, pero detuve sus brazos y le señalé una figura que se encogía al costado de la cueva. La pequeña Calandria nos miraba asustada pegada junto a la roca.

-¡El libro!- les grité- ¡Busquen el libro!

Fueguero corrió entonces hasta donde estaba Calandria, la tomó del brazo y ambos ingresaron a la cueva. Mientras Katari y yo volvíamos a ponernos, torpemente, sobre nuestros pies. Corrimos hacia la montaña, y apenas atravesamos la entrada otro rayo golpeó en la roca y desmoronó todo un risco, encerrándonos dentro de una oscuridad de polvo y humedad.

-¡Calandria! ¡Fueguero!- comencé a gritar, sabía que Katari estaba a mi lado, podía sentir su mano sobre mi brazo.

-¡Estamos acá!- respondió Calandria, tenemos el libro.

La oscuridad era demasiado densa, y teníamos miedo a movernos por las irregularidades del piso. Afuera, continuábamos oyendo como los relámpagos tocaban el suelo, seguido de su estruendoso rugido, eso nos decía que Trart, Reger y Noson seguían siendo perseguidos. Un nudo en mi garganta se hacía presente, y comenzaba a crecer como el brote de una raíz muy arraigada.

-Tarat nos encontró- dijo Katari aun agitado.

-¿Y cómo salimos de acá?- preguntó Fueguero cuya voz había ido acercándose lentamente en la oscuridad.

Nuestras voces retumbaban en aquel espacio cavernoso, haciendo que pareciéramos más grandes o más pequeños que nosotros mismos, dependiendo del lugar desde donde nos pronunciáramos.

-No podemos salir por donde entramos- dije- Tarat está allá afuera, necesitamos hacernos camino a través de la montaña.

-¿Cómo?- preguntó Calandria.

-Primero necesitamos luz- dijo Katari, y susurró palabras dentro de su puño, cuando la abrió una pequeña llama azul bailaba en el centro de su palma. Nos dio de su fuego a cada uno de nosotros.

Esa vez no necesité abrir el libro, la palabra retumbó desde adentro de mi garganta hacia la cavidad de la piedra, vino desde mi obligo, desde mi propio enojo y mi propio miedo, cubrió cada centímetro de la cueva, se hizo dócil y después dura, y finalmente un agujero se abrió frente a nosotros en la roca, y nos permitió el paso.

Caminamos alumbrados por el pequeño resplandor de nuestras palmas durante varias horas, el cansancio había trepado por cada rincón de nuestras piernas, sin embargo, no nos permitíamos parar, la amenaza de Tarat, era todavía un susurro que intentaba seducirnos.

Salimos de la montaña al amanecer, el cielo estaba claro, y las aves dormían en una calma que perecía de retrato. Pero estábamos muy lejos del camino que habíamos emprendido, el río ya no se escuchaba y no había señal alguna de nuestros amigos. La preocupación y el cansancio no dejaban más espacio en nuestro cuerpo y en nuestros pensamientos. Con las fuerzas que me quedaban, recité las palabras que nos volvían del color del aire, que nos hacían livianos e invisibles para los espías del cielo, y ya flotando, dormimos a la sombra de la montaña.

Despertamos cerca del mediodía, cuando la luz del sol nos daba completamente en los rostros, y nuestros cuerpos volvían a ser visibles y pesados por el cansancio todavía presente. Mientras nos preparábamos Calandria se acercó lentamente a un pequeño jilguero y le silbó lentamente, el ave respondió alegremente y emprendió vuelo.

-El río está a medio día de acá, caminado hacia la salida del sol- dijo Calandria.

-¿Qué más le dijiste?- preguntó Fueguero.

-Le pedí que encontrara a nuestros amigos, y que nos advirtiera del peligro.

-¿Dónde aprendiste a hablar con los pájaros?- pregunté.

-Mis abuelos eran los sabios de las aves, ellos eran capaces de cantar junto a ellas por varias horas, podían preguntarles sobre los vientos y el clima, por los amigos de los pueblos lejanos, incluso mandar mensajes y pedir consejo.

El jilguero volvió al poco tiempo, se posó en el hombro de Calandria y cantó suavemente a su oído, Calandria le regaló una sonrisa y el pequeño pájaro volvió a perderse en el aire.

-No hay señales de Tarat y de sus rayos, y uno de nosotros está escondido cerca del río, pero no ha podido ver a los otros dos.

Caminamos hasta que el sol comenzó a recostarse en la ladera de la montaña, el pequeño jilguero voló junto a nosotros, vigilando los aires todo el tiempo, posándose cada tanto en el hombro de Calandria, para cantarle cual ruta debíamos tomar.

Habíamos decidido sentarnos a descansar por un momento a la sombra de la montaña. Presa de curiosidad, me senté al lado de Calandria, e intenté escuchar y entender el canto del jilguero posado en el hombro de mi amiga, pero no pude reconocer significado en su canto. Calandria, adivinando mis intenciones, quizás, me sonrió.

-Mi abuelo solía contarme que, en los primeros tiempos, los animales tenían el don de la palabra, al igual que nosotros, y eran nuestros hermanos, y caminaban y vivían en comunidades hermanadas a nuestros pueblos. Pero un dios extranjero maldijo a los animales para que ya no hablaran y estuvieran, así, al servicio de los humanos.

-Nunca había escuchado esa historia.

-Pero el lenguaje sigue en ellos, sólo hay que aprender a interpretar su canto, el batir de sus alas, el movimiento de sus cuernos o de sus cuerpos… cuando los escuchamos, nos damos cuenta de que nuestros hermanos siguen ahí.

Cuando ya el sol estaba extinguiéndose entre los picos, como una fogata cuyo último lamento ondea entre un troco viejo, llegamos nuevamente a las orillas del río. El susurro del día iba aquietándose lentamente, vibrando despacio después de la tormenta.

Nuestros pasos, sin embargo, despertaron los murmullos de los grillos y las chicharras entre las plantas. Los zumbidos comenzaron a volar y repetirse en ambas partes del río.

El jilguero volvió a cantar y Calandria nos señaló una enorme roca. Detrás de ella, cubierto en barro estaba Reger, aún atemorizado y sin ser capaz de moverse. Entre Fueguero y Katari lo levantaron y lo llevaron junto al río, donde Calandria y yo le limpiamos suavemente las manos y el rostro.

Poco a poco fue reconociendo nuestros ojos, y la rigidez lo fue abandonando, y finalmente desde detrás de su garganta, llegaron las palabras, y el terror se fue desencadenando entre los sollozos de su relato.

-Los rayos- comenzó a decir- los rayos caían por todas partes, y no había nubes en el cielo, se formaban en el cielo mismo y destrozaban la tierra. Caían a nuestros pies, y nos obligaron a separarnos- sus ojos se centraron en los míos- no pude ver por donde se fueron ustedes, sólo había polvo a mi alrededor, no podía ver donde estaban Trart y Noson, todo era ceguera blanca.

-Salimos corriendo detrás de ustedes- respondí- pero tuve que volver, y ellos volvieron conmigo- una lágrima recorría mi rostro- tuve que volver, no podía dejarle el libro a Tarat.

-Corrí hasta que entré, sin darme cuenta en un lodazal del río, me tiré en el barro, me embadurné por completo, y me quedé ahí hasta que el aire comenzó a aclararse y el polvo a asentarse. Y a lo lejos los vi, vi a ese pájaro gigante, de densidad de la noche, lo vi surcando el aire, alejándose y llevando en sus garras a Trart y Noson. Llevándoselos a donde no podía alcanzarlos. Los miré hasta que ya no eran más que un solo punto en el aire y se volvieron parte de la oscuridad del ocaso.

Ese pájaro era Tarat, había dicho Katari, pero las palabras no llegaron a mí sino tiempo después. Las palabras no llegaban y el sonido se había vuelto de pronto tímido y no quería susurrarme nada al oído. Trart y Noson, mis dos amigos, ya no estaban. El remordimiento se había vuelto un escarabajo en mi interior, cada vez se hacía más grande y carcomía más adentro mío, se burlaba y me mostraba los números de nuestra fragilidad.

-No debieron venir conmigo- mis manos alcanzaron mi cabeza, mientras el pesar se hacía roca y costaba el cuerpo- los he traído a la perdición- era todo lo que veía en los ojos de Reger- ¡Váyanse! ¡Escóndanse! ¡Déjenme y no vuelvan!

Calandria me tomó las manos y Katari me impidió el paso.

-Todos sabíamos a qué veníamos- dijo Fueguero- sabíamos que íbamos a ser perseguidos, y que Tarat podía atraparnos, nunca dejamos de hablar de su amenaza.

-Es cierto- dijo Calandria- estamos acá y no nos vamos, este canto no te pertenece a vos solamente.

Los ojos cansados de Reger se levantaron hacia mí una vez más.

-Tenías razón Ara, Tarat hubiera castigado cada ciudad tierra que hubiésemos pisado, pero nuestra misión es más importante ahora, no podemos hacer nada más que seguir adelante.

Esa noche pareció la más oscura hasta entonces, no usamos las palabras, nos quedamos escuchando los lamentos de los grillos, y viendo el brillo de las luciérnagas en lugar de la luz de las estrellas. Esa noche no hubo palabras, dejamos que el viento erosionara un poco la tristeza que llevábamos encima.

Al día siguiente, escribimos los nombres de nuestros amigos y los arrojamos al agua, clamando, de esa forma, aquel espacio en sus nombres, aquel río en nuestro dolor. Ninguno de nuestros enemigos podría pisar esa tierra, o beber esa agua sin ser castigado.

Sus nombres nos dieron tal poder.

once

A medida que íbamos dejando atrás las últimas tribus tierra y los macizos montañosos disminuían sus alturas, al contrario de lo que podría dictar la lógica, la oscuridad y el frío se hacían cada vez más presentes, de modo que sólo teníamos pocas horas de luz para poder seguir nuestro camino.

-Si la oscuridad sigue avanzando, tendremos que resignarnos a caminar en la oscuridad- dijo Reger una tarde que ya se había pintado completamente de negro.

Nuestro amigo se había recompuesto, inclusive, mostraba mejor semblante y humor que el resto de nosotros. Por momentos sentía que las sonrisas que tiraba al aire como niebla suave y la forma en que se sentaba frente a mí, dejando caer la tensión de sus músculos, no perseguían otra finalidad que consolarme y la sola idea dejaba que algo de alegría, como los pocos rayos de luz que nos alcanzaban, me diera calor por dentro.

Después de semanas, comenzamos a caminar a la luz de la luna, cuya claridad era más grande que la tenue luz del sol durante el día. Decidimos caminar durante las noches debido al frío también, era más fácil dormir durante las pocas horas en que el sol permitía que las temperaturas aumentaran y caminar durante la noche nos permitía no perder el calor corporal.

Sin embargo, el cansancio era lo que parecía estar derrotándonos, cada día caminar era más difícil, así como encontrar comida que nos diera fuerzas. Incluso las aguas del río, tan nobles durante nuestro trayecto, ahora se habían enturbiado.

El jilguero de Calandria seguía con nosotros, volando y trayéndonos noticias de las alturas, pero más allá del pequeño pajarito, no había ninguna otra ave entre los páramos que atravesábamos. El mismo canto de nuestro jilguero se volvía más triste y melancólico en la medida que avanzábamos.

-Tendríamos que dejarlo ir- le dije uno de esos días a Calandria- su canto es demasiado triste, y quizás tanta pena lo deje sin vuelo, ¿y qué es un pájaro sin sus alas y su cielo?

Calandria estuvo de acuerdo, lo liberó de todo deber, le dijo que volviera a sus árboles, y así lo hizo, por varias lunas, dejando otro hueco de soledad en nuestros corazones. Sin embargo, a la quinta luna, volvió. Y cantó con urgencia al oído de Calandria.

-Dice que las aguas se están moviendo demasiado en las montañas, y que la gran sombra sobrevuela las llanuras y aterroriza las tribus de la tierra. El nombre de Tarat resonaba como amenaza tácita, como nombre prohibido en cada una de esas advertencias.

-Dice que los cielos que surca se vuelven más oscuros, y que su canto es tan atroz que raja la tierra.

El pequeño jilguero seguía susurrando a los oídos de Calandria.

-Dice que quiere cazarnos.

Nos miramos los unos a los otros, sin saber qué decir. Calandria le agradeció de nuevo a nuestro amigo emplumado y decidimos que lo único que podíamos hacer era seguir caminando, seguir nuestro camino. A partir de ese día convertía a todos en la consistencia del aire, los volvía livianos como una hoja descascarada y transparente como agua de deshielo. Y de esa forma podíamos movernos y volar con el viento.

Pero utilizar las mismas palabras una y otra vez hacía que nuestras fuerzas se volvieran más ligeras, que nuestras ideas y pensamientos se volvieran tan volubles como el vapor. Concentrarse y recordar nuestro objetivo se hacía cada día más difícil.

Avanzábamos entre las sombras y volvíamos a nuestras formas sólo cuando encontrábamos un refugio digno que éramos capaces de reforzar mediante la palabra. Pero cada vez que nuestros cuerpos volvían a recobrar su real consistencia el dolor nos tumbaba al suelo en el proceso. Un dolor que en cada transformación iba creciendo y que nos quitaba el habla por horas.

El pequeño pájaro, en su nobleza ancestral, volvió una vez más y esta vez no volvió solo, sino que lo acompañaba una manada de acuná. Todos nos quedamos sorprendidos ante la presencia de las bestias cuya magnitud era siete veces un guanaco. Estaban acá para ayudarnos. Subimos cada uno al lomo de un acuná y dejamos que ellos se hicieran camino en la oscuridad. Su pelaje, del color de la plata y de la luna, nos mantenía calientes y nos permitía conciliar el sueño. Los acuná son bestias magníficas, en verdad, los viejos de La Gran Llanura solían susurrar que los ojos de un acuná podían decirte la historia de los pueblos.

Los enormes mamíferos nos llevaron en sus lomos durante dos semanas, se pararon donde había agua que podíamos tomar y dónde los últimos árboles nos regalaban sus vainas y frutos. Nos llevaron tiempo suficiente para que nuestra energía volviera a nuestro cuerpo y el ánimo a cada uno de los gestos que desprendíamos. Finalmente nos dejaron cerca de la gran montaña y se volvieron hacia donde la oscuridad se descomprimía.

Después de dos semanas en las que nos sentimos protegidos, y les recordamos a nuestros cuerpos la consistencia de nuestros nombres, volvimos a caminar entre los intersticios de la montaña, volvimos a pasar las noches en su seno, a no distinguir cuando empezaba el día y cuando la noche terminaba. Una de esas noches, según nuestros pobres cálculos, estábamos de vuelta en una profunda cueva, concentrados nada más que en el calor y las chispas que se desprendían del fuego, dejando que nuestros pensamientos volvieran a anudarse y que el recuerdo nos bañara como agua tibia.

-Conozco este lugar- dijo después de un tiempo Katari.

Su voz sonaba distante como un eco más que se perdía en las cavidades cavernosas de nuestro refugio. Todos giramos nuestras miradas lentamente hacia él.

-Vine acá hace años, pero viajamos…

Las palabras se perdían se trababan y se anudaban.

-Conozco este lugar, yo estuve acá, vine hace años.

-¿Qué hay acá?- mis propias palabras sonaron lejanas, como un susurro desprendiéndose del ocaso.

-Unos de los espejos de Arawi-Rirpu, por ellos miramos, hay tres distribuidos a lo largo de todo el territorio, uno está en la ciudad, es el que utilizamos los ocultadores y hay dos más cerca de los límites del territorio, uno al sur y el otro acá, en esta cueva… en esta cueva- volvió a decir e hizo un esfuerzo para ponerse de pie. Los demás también lo seguimos.

Katari empezó a decir palabras y a dibujarlas con el dedo en la tierra, pero las palabras no podían brillar lo suficiente, ni las marcas en el piso podían desprenderse del polvo. Me acerqué y le puse una mano en el hombro, al ver que intentaba continuar diciendo las palabras.

-Mejor mañana.

Dormimos durante muchas horas, no podíamos distinguir si a las afuera de la cueva reinaba el sol o la luna, ya que el color del cielo era casi siempre el mismo. Habíamos decidido quedarnos dentro de la cueva hasta que el mapa nos dijera por donde seguir. Fueguero y Calandria habían salido un par de veces en busca de cualquier cosa que pudiéramos comer.

Había usado la fuerza que los enormes acuná me habían proporcionado durante las semanas anteriores para escribir palabras en las paredes, sortilegios antiguos para protegernos, de modo que ningún enemigo podría entrar, ni encontrar la cueva.

Reger, quien semanas atrás nos había devuelto el entusiasmo, ya no podía ponerse de pie ni estirar una sonrisa. Había escalado una enfermedad que no lo dejaba sólo ni siquiera al lado del fuego, o con agua pura en sus labios.

-Es el juramento- me dijo Katari, cuando yo intentaba, en vano, ayudarlo- Tarat lo debe estar usando en nuestra contra.

El juramento, aquellas palabras que habíamos dicho cuando el laberinto se había cerrado después de nuestro ingreso a la ciudad y cada uno de nosotros había jurado ser fiel a la ciudad, lo que equivalía a ser obediente al guardián principal, en este caso Tarat.

-¿Por qué a él lo afecta y a nosotros no?

-Debe estar afectándonos a todos, por eso este cansancio que no podemos descosernos… no se manifiesta igual en cada uno de nosotros, se arraiga en nuestra carne según nuestras propias diferencias. A mí, por ejemplo, me están saliendo más cicatrices, y por eso me cuesta usar las palabras.- me mostró el brazo y pude ver cómo en su antebrazo subían líneas como finos cortes.

-Todavía no tenés fuerzas…

-Y no creo que las recupere por ahora, creo que vas a tener que decir vos las palabras, hasta que mis cicatrices dejen de crecer.

Dibujé las palabras y después las canté, entre susurros, varias veces, hasta que una de las paredes de la cueva cedió y una nueva abertura apareció ante nosotros. Nos encontramos con una gran habitación, el techo era tan alto que no podíamos alcanzar a verlo en su oscuridad. Respirar en ese recinto se volvió más fácil y la luz entró a través de cientos de espejos que se reflejaban los unos a los otros e iluminaron el centro de la habitación, donde había una fuente con agua clara hasta el borde. Corrimos a beber, encontrar agua limpia era difícil, y la sed nos perseguía todo el tiempo.

-No tomen esa agua- gritó Katari, todos nos quedamos quietos y lo miramos, se acercó lentamente y mojó su dedo meñique en el agua y se la pasó por los labios- una gota de esta fuente les dará fuerzas y les permitirá recuperarse, pero si toman demasiado, toda la magia y el fuego que tienen por dentro se va a extinguir, esta agua es especial, esta es agua del espejo de Arawi-Rirpu.

Todos imitamos a Katari, mojamos nuestro dedo más pequeño y nos untamos agua en nuestros labios, y apenas la frescura de aquella gota tuvo contacto con nuestra piel, la fuerza volvió a nuestros cuerpos y sentí que mi nombre vibraba de nuevo dentro de mi sangre. Junto con Fueguero tomamos a Reger por los hombros y lo acercamos a la fuente. Con las pocas fuerzas que le quedaban llevó a cabo el mismo procedimiento, y la fiebre que lo había amenazado durante días comenzó a disminuir y los colores volvieron a su rostro.

Katari notó que sus cicatrices dejaron de crecer, y nos dijo que estaba listo para mirar a través del espejo.

Se acercó lentamente a la fuente sumergió sus manos y comenzó a susurrar palabras viejas.

-Kitary achisuña ciqá llaxama

La fuente comenzó a encenderse y la luz invadió el enorme recinto, e inclusive iluminó cada una de las cicatrices que cubrían el cuerpo de Katari, de tal modo que parecía que estaba recubierto de interminables hilos de oro que dibujaban sobre su cuerpo flores, lunas y pájaros. Por primera vez vi en esas marcas, que me habían parecido terribles y malditas por mucho tiempo, una belleza incontenible.

El agua, convertida en luz comenzó a moverse, formando figuras que no alcazaba a distinguir, pero que, al parecer, decían lo suficiente ante los ojos de Katari, quien siguió pronunciando palabras hasta que la fuente se apagó.

Ninguno de nosotros movió los labios, nos quedamos abrazados al silencio, a la espera de un solo sonido, nos quedamos quietos, convergiendo nuestras miradas en la fuente y en Katari, que todavía seguía estático y silente, mirando las sombras que ahora bailaban en el agua.

-Pude ver el lugar, ella nos está esperando- dijo por fin.

-¿Quién?

-La que guarda la piedra, te está esperando Ara.

Se dio vuelta y miró a Reger con seriedad.

-Vas a tener que volver, este camino termina acá para vos, si seguís más allá vas a ir empeorando a cada paso, y el veneno que recorre tus venas va a reclamar tu cuerpo y tu fuerza.

-No, yo quiero seguir.

-Uno de ustedes dos tiene que acompañarlo de vuelta a la ciudad- siguió Katari dirigiéndose a Calandria y Fueguero.

Hubo un silencio momentáneo y mis dos amigos se miraron con preocupación.

-Yo voy a acompañar a Reger de vuelta a la ciudad- dijo finalmente Fueguero- tengo la fuerza necesaria para cargarlo si hace falta, y no puedo hablar con los pájaros como Calandria… Reger me necesita a mí, ustedes necesitan a Calandria.

-Muy bien- dijo Katari- el regreso para ustedes empieza ahora, tienen que salir lo antes posible, antes de que la oscuridad los agarre.

-¿Qué oscuridad?

-Una noche perpetua y sin luna está por llegar, palabras de sangre han sido convocadas para sumirnos en una oscuridad que intenta dejarnos sin aire, en la asfixia total ante la falta de luz.

-¿Quién ha convocado estas palabras?

-Nuestro guardián, que quiere el libro, lo busca con desesperación.

-¿Y la piedra?- pregunté- ¿no sabe de la piedra?

Katari negó con la cabeza, y salió de la habitación, pero me dejó ahí, en medio de ese enorme recinto con una sed que se retorcía como un torbellino… había algo que todavía no nos decía.

Esa misma noche, Fueguero y Reger salieron de la cueva, de regreso a la ciudad, los despedimos con el corazón pesado y palabras escasas. Les dijimos, apenas con los ojos, que siguieran sus pies sin descanso hasta que la tierra volviera ser firme bajo sus pies, hasta que el cielo fuse claro, otra vez, sobre sus cabezas.

Los tres restantes nos quedamos en la cueva, Katari nos dijo que debíamos esperar un nuevo suceso antes de seguir adelante, pero a la vez no quería revelar ningún signo, ninguna pista de la naturaleza del designio que debíamos esperar.

-¿Qué les va a pasar a Fueguero y a Reger?

-El espejo no profetizó que supieras eso.

-No me importa lo que el espejo te dijo que me contaras o no- respondí con un enojo nuevo como el fuego esparciéndose en el bosque- te estoy preguntando por mis amigos.

-Son mis amigos también- se defendió- tu dolor es mi dolor.

-¡¿Qué les va a pasar?!

-Van a llegar a la ciudad… van a sufrir en el camino y van a sufrir cuando lleguen.

-¿Qué más viste? ¿Por qué tenemos que esperar acá?

-Ellos me vieron.

-¿Quiénes?

-Los ocultadores del agua.

-Tarat estaba con ellos- dije sin entender el sonido de mis palabras.

-Sí.

-La fuente se va a abrir una vez más, Tarat va a hablar con vos.

-Entonces sabe dónde estamos.

-Sí.

-¿Es esto traición? ¿Me estás traicionando y a tu hermana también?

-¡No! no entendés Ara, lo que la fuente muestra es lo que debe ser, no se puede hacer de otra forma, la fuente me mostró que tenías que hablar con Tarat, pero también me mostró la mujer que te espera, tu destino es llegar ahí, encontrar la piedra.

Respiré varias veces como si el aire nunca hubiera tocado mis pulmones, como si fuera un bebé peleando en la respiración por primera vez. El miedo me había nublado cualquier pensamiento y me arrastraba a la furia y me llenaba los ojos de luciérnagas de agua.

-Ara- volvió a decir Katari, pero antes de que pudiera decir mucho más la fuente comenzó a iluminarse nuevamente, y Katari sacó a los empujones a Calandria de la habitación.

La luz anegó mis ojos y después la voz de Tarat retumbó en el espacio y nos lastimó los oídos en un principio, luego su volumen fue descendiendo, al mismo tiempo que la luz menguó su intensidad, hasta que pudimos ver la imagen de Tarat clara sobre el agua y sus palabras empezaron a crear pequeñas ondas sobre la fuente.

-Ara- dijo con su expresión siempre similar a la roca- has llegado demasiado lejos, pero es hora de que vuelvan.

-¿Qué has hecho con la ciudad, qué has hecho con Unu?

-Unu está bien, la ciudad está retomando su verdadero curso.

-¿Verdadero curso?

-Sos muy joven, no sabés de las traiciones que acá ocurrieron. Yo sólo quiero que la ciudad tenga la grandeza que nos prometieron, que sea el verdadero faro de luz en el horizonte y no un mero escondite.

-¿Qué traiciones?

-El laberinto es la traición más grande a la ciudad- mi corazón comenzó a palpitar con la velocidad del aleteo de un colibrí- poco antes de su traición, tu querida maestra me reveló una de mis sospechas, había magia de sangre en las bases de la ciudad. Imaginá el potencial de esa magia Ara, imaginálo para nuestros enemigos, en vez de usarlo contra nosotros mismos.

-¿Unu te dijo eso?

-Unu siempre ha sido mucho más que mi discípula.

-¿Qué le hiciste?

-Ella está bien, está recapacitando sobre su traición.

-Ella intentaba salvar la ciudad, usted es el único traidor ¿Por qué lo hizo? ¿Por qué tomó la ciudad, por qué mató a Nilin? ¿Neuguen?

Una sonrisa irónica surcó su cara.

-Unu no me traicionó a mí… yo sólo quiero liberar a la ciudad, para eso era necesario hacer algunos sacrificios, Nilin no iba a aceptar nunca mi visión, lo del viejo fue piedad.

Las lágrimas comenzaron a resbalarme desde las pestañas.

-Pero para terminar mi trabajo necesito el libro que se llevaron.

Me quedé en silencio.

-Sé cuál es tu situación- prosiguió- ya no te queda comida, estás en el borde y la oscuridad más allá es demasiado densa para que te aventures, ya no te quedan amigos, dos los capturé y están de vuelta en la ciudad, sé que otros dos han tenido que emprender el camino de vuelta, sólo quedan el ocultador y vos, no tienen donde esconderse ya- mi corazón se llenó de alivio, de alguna forma, no sabía que Calandria estaba con nosotros- en cuanto terminemos de hablar mis enviados llegarán a la cueva- sus ojos se endurecieron mientras me hablaba- pero de todas formas les voy a dar la posibilidad de elegir… espero que lo hagan bien…

-¿Qué has hecho con mis amigos?

-Si vuelven sin resistirse, les abriré las puertas de la ciudad nuevamente, tendrán que purgar sus traiciones, como Trart, Noson y Unu, pero volverán a ser parte de nuestra comunidad, y nos ayudarán a construir un futuro que verdaderamente luche contra la oscuridad. Tus talentos son inigualables Ara, necesito tu ayuda.

-¿Mi ayuda para qué?

-Para extender la luz más allá, para eliminar al enemigo detrás de esos horizontes, para que no existan más guerras del ocaso, para formar parte del ejército que elimine a la guerra.

-No se puede eliminar a la guerra con guerra.

-Pueden volver, o pueden intentar resistir, si vuelven serán perdonados, si se resisten, cuando vuelvan, porque en algún momento tienen que volver, danzaré con ustedes.

La imagen de Tarat se desvaneció y la oscuridad se tragó la luz que quedaba, casi simultáneamente hubo un fuerte estruendo y la cueva tembló y parte de sus paredes comenzaron a desmoronarse. Los enviados de Tarat habían llegado y nos atacaban. No eran capaces de entrar todavía gracias a las palabras que había plantado, sin embargo, sus ataques sacudían la cueva que no iba a mantenerse en pie por mucho tiempo. Mis pensamientos viajaban entre dos abismos, entre el ataque inminente, por un lado, y la certeza de que Tarat no tenía idea de que íbamos por la piedra, sólo pensaba que nos llevábamos el libro para frustrar sus planes.

Katari apareció detrás de mí y me tomó del brazo intentando arrastrarme hacia la otra parte de la cueva.

-No- dije, no podía dejar de mirar la fuente, entre las ondas generadas por los temblores empecé a vislumbrar palabras en el agua, empecé a entenderlas y a vislumbrar la salida- es por acá.

Metí mis manos en la fuente y empecé a decir cada una de las palabras que veía dibujarse entre las ondas. El agua comenzó a brillar, al mismo tiempo que los ruidos y los temblores se hacían más fuertes y se sentían más cercanos. Katari se había quedado observándome por un instante anonadado, hasta que había comprendido lo que estaba haciendo, y había salido corriendo del recinto para volver momentos después con Calandria, el libro entre sus brazos y mi bolso maltrecho. Con cada palabra que susurraba, las ondas del agua se convertían en arcos que crecían y formaban uno a uno un gran portal, que poco a poco iba iluminándose y solidificándose hasta que frente a nosotros se alzaba una enorme puerta de piedra y grandes arcos, como si miles de hombres la hubieran tallado en cientos de años.

La puerta se abrió y la atravesamos. Salimos a una noche muy oscura, y en cuanto los tres terminamos de atravesarla, esta se hundió en la tierra y nos dejó en el silencio de una noche turbia.

Nos quedamos quietos, mareados ante el repentino silencio, después de los estallidos de luces y el ruido de truenos que nos sacudieron en la cueva. Nos quedamos quietos, intentando entender las imágenes que todavía giraban frente a nuestros ojos, intentando entender que habíamos atravesado el umbral de la muerte y estábamos vivos.

Justamente ese era su nombre: "umbral de la muerte" que dicho en las palabras antiguas que lo conjuraban, raspaban y dolían entre los labios. Ese era el nombre del imponente portal que nos había sacado de la muerte, y que todavía el sabor a sangre en mi boca me sentenciaba que sólo se podía invocar cuando la destrucción estaba cerca.

-¿Dónde estamos?- preguntó al fin Calandria.

-Más allá- respondí.

Sentí miedo por primera vez, habían ido a eliminarnos como el yuyo que crece en medio del salitral. Era una amenaza que más que nunca se hacía carne en la raspadura de mis rodillas, en la flacura que mis piernas comenzaban a mostrar, en las ojeras de Calandria, en las aún rojas cicatrices de Katari.

-¿Más allá?- volvió a preguntar Calandria.

-Hemos cruzado la frontera.

Todo se veía igual, la oscuridad se cernía sobre nosotros, al igual que el frío y el viento seguía azotándonos sin clemencia, sin embargo, había algo distinto. El aire era más nauseabundo, o quizás el miedo hacía que el salvajismo de ese desierto se nos desvelara con toda su realidad.

Katari tomó la delantera, y nos guio por un sendero casi imperceptible, encendimos fuego en nuestras manos y decidimos que estando más allá del horizonte permitido para nuestra gente no sería necesario escondernos en el viento.

Caminamos lentamente, manteniéndonos uno cerca del otro, mientras en mi cabeza imaginaba la ira y perplejidad de los enviados de Tarat al encontrar la cueva de pronto vacía.

-¿Por qué lo apoyan?- me pregunté casi en un susurro.

-¿Cómo?-preguntó Katari.

-¿Por qué la gente de la ciudad lo apoya?

-¿A Tarat? No todos lo apoyan, pero los antiguos se han unido a Tarat en su reclamo.

-¿Tarat es un antiguo?- preguntó Calandria. Katari asintió con la cabeza.

-El resto de la población le tiene demasiado respeto a los antiguos… tienen miedo de rebelarse, pero todo va a cambiar cuando nosotros volvamos.

Cuando Katari dijo eso último sus ojos brillaron de una manera inusual, aún en la oscuridad se hizo palpable y evidente.

-Viste algo más- le dije sin poder reprimir mis palabras- en la fuente, viste algo más que no me has contado.

Katari se detuvo bruscamente, y Calandria que se encontraba en el medio, nos miraba a uno y al otro.

-No te oculto nada- me dijo, pero mi corazón supo que estaba mintiendo.

-¿Qué va a pasar cuando lleguemos a la ciudad?

-No sé.

-Recién dijiste que lo viste, que la situación va a cambiar cuando lleguemos.

-No lo he visto… pero sé que la gente se va a encontrar con una alternativa distinta a la que tienen ahora, nosotros le vamos a llevar esperanza- mi corazón volvió a escurrirse, había algo que no me decía, estaba mintiendo, pero decidí guardar mis palabras y dirigí mi mirada hacia mis pies y el camino. Calandria siguió mis ojos y entendió mi silencio, y al igual que yo decidió guardar sus palabras.

Caminamos tres días alimentándonos de viejas raíces y de larvas de escarabajos, ya que era todo lo que podíamos encontrar, tomando agua oscura y cuidando nuestros pasos en la oscuridad que de pronto se había vuelto terrible. Mis pensamientos a menudo me traicionaban. Pensaba a menudo que Tarat tenía razón, no podíamos sobrevivir en esa oscuridad, en algún momento teníamos que volver, no podía evitar pensar que estaba siendo traicionada, que Katari me guiaba a una oscuridad sin fin, y que después de todo, estaba sola, como siempre había estado, sola en la oscuridad. También sentía, en la medida en que pasaban los días, que mi cuerpo no iba a ser capaz de otro paso, de otro día siguiendo un sendero, que mi garganta no podía tragar otro insecto u otra raíz amarga. Y sin embargo seguí caminando, a pesar de que mis pies ya estaban demasiado lastimados.

Cuando llegó el cuarto día, tomamos un camino que descendía de la montaña hacia un valle que la oscuridad no nos permitía vislumbrar, caminamos hasta lograr descender completamente. En cuanto salimos de la montaña la oscuridad se disipó, como si nunca nos hubiera acosado, fue como sacarnos un velo demasiado pesado, un velo que nos había cosido los ojos, y nos había dejado solos en las tinieblas. Por fin, después de mucho tiempo, podíamos ver la luz del sol, y nos sentíamos pequeños e indignos de su calor.

En frente de nosotros había un valle con una laguna de agua clara, y cientos de frutales a sus alrededores, y al final una pequeña casa, entre los árboles más grandes que habíamos visto, con humo saliendo de su techo.

doce

Golpeamos la puerta y esperamos. Después de un momento se abrió lentamente y para nuestra sorpresa, dos zorros grises aparecieron y nos rodearon olfateándonos.

-Vengo a visitarla- les dije.

Uno de ellos me asintió y se metió de nuevo en la casa, lo seguí, pero me detuve después de un par de pasos, el otro zorro se había quedado en la puerta y les prohibía el paso a mis amigos.

-Vienen conmigo.

Pero el zorro siguió mostrando sus dientes y prohibiéndoles la entrada.

-Está bien- dijo Katari- te espera sólo a vos.

Mis dos amigos retrocedieron y se sentaron a la sombra de un frondoso alecrín, el zorro se sentó en la puerta y yo continué caminando por un pasillo que luego se abrió a una sala confortable. La chimenea estaba encendida y a un costado había una anciana tejiendo en una hamaca. Me quedé observándola, ella sin levantar la mirada me dijo:

-Hola Ara, bienvenida, sentáte, ponete cómoda.

Me senté en una de las sillas frente a ella, sin poder decir nada, había algo familiar en su mirada, algo que no podía describir, pero me hablaba y me trataba como si fuese una nieta que no había ido a visitarla por mucho tiempo. Y cada vez que la miraba, los rasgos de sus ojos, la manera en que movía las manos, me recordaba a mi propia nana.

-Mi nombre es Uana- me dijo- llevo mucho tiempo esperándote.

-Su nombre no es agua, ni tampoco tierra, ¿cómo sabía que iba a venir?

-No estamos en Horizonte Blanco ni tampoco en La Gran Llanura, sé que tenés muchas preguntas, y te voy a decir todo lo posible, pero tenemos poco tiempo- se levantó y pude observar cómo los años la habían ido encorvando, sacó una vasija ennegrecida del fuego y sirvió té en dos cuencos, me pasó uno y ella se sentó nuevamente con el otro cuenco entre sus manos, dio un par de sorbos y comenzó a hablar- no soy hija de la tierra, ni tampoco de la luna, soy hija del viento, nací en la cima de una montaña hace muchos años y soy la última que queda de mi pueblo, ya no tengo oídos, mis amigos escuchan por mí- señaló al pequeño zorro que estaba sentado junto a sus pies- es magia antigua, no la conocen en la ciudad blanca, pero todavía quedan algunos resabios en La Gran Llanura, como tu amiga Calandria te ha podido mostrar...

-¿Cómo....?

-El viento y mis amigos me lo cuentan todo, pero eso no es importante, sé que venís por la piedra, y voy a dártela, hablaste con la verdad cuando dijiste que no se puede combatir la guerra con la guerra, mi hermana Unara, conocida por ustedes como Mevem, lo entendió sólo al final de sus días...

-¿Usted es hermana de Mevem?

-Sí, yo soy su hermana menor, y sí- me sonrió- tengo muchos años, la muerte me está esperando hace rato, y yo deseo acompañarla.

-Pero la historia dice que Mevem...-empecé en forma de protesta.

-La historia es sólo un discurso más, podés haber escuchado muchos relatos, y yo ahora te voy a contar otro, no te voy a pedir que tomes mis palabras como otra verdad, este es otro cuento, este es mi cuento...

"A diferencia de lo que dice la leyenda, que mi hermana nació en tierras heladas, mi familia creció en el norte, en las grandes alturas, en un pueblo verde que residía entre las nubes. Éramos cuatro hermanos, Urlo y Uta eran los mayores, gemelos, nacieron bajo los signos del viento al igual que yo, al igual que mis padres, Unara fue distinta, ella nació tocada por la luna, tocada por el agua. Crecimos siendo muy unidas, crecimos aprendiendo la lengua antigua, jugando con las palabras y aprendiendo a alargar las horas. Nuestro pueblo estaba escondido, su locación era secreta y había sólo un camino a través de las montañas, pero nos encontraron de todos modos.

-¿Quiénes?

-Los wôrläk, la gente del norte, los hombres que se forjaron con la sal del mar y el fuego de los incendios. Ellos son como la langosta abrasadora, viajan buscando buenas tierras para reclamarlas, la única forma que poseen de sobrevivir y multiplicarse es a través de la fertilidad pero que se marchita en cuanto tocan sus manos, y por eso buscan nuevamente. Los wôrläk no soportan que el mundo no funcione bajo sus términos y quieren extender su dominio a todos lados donde se propague la luz...

-Nunca escuché hablar sobre wôrläk, siempre me contaron acerca de la guerra, y su interminable oscuridad...

-La guerra tiene muchas caras, la oscuridad también, y como dicen los antiguos relatos, una vez que el hambre se enciende, es difícil de apagar. Los wôrläk, ciertamente, tienen inscripto en la sangre el hambre de la guerra. Mi gente, en cambio, había cantado y se había vuelto uno con la naturaleza, aprendimos a ser guerreros para ser como el puma o el jaguar, para ser caimán o halcón, para no convertirnos en presas y poder defender nuestra progenie. De esa manera la naturaleza nos tomó en su seno y nosotros aprendimos a hacerla florecer en cada lugar que estábamos, los wôrläk, en cambio, sólo saben consumirla hasta que la agotan.

En fin, llegaron a nuestras tierras y eliminaron todos nuestros espacios sagrados y fuente de nuestro poder. Mi familia entera se preparó para la resistencia, pero Unara y yo éramos todavía demasiado jóvenes, nos escondimos en el templo del sur a esperar... ninguno de ellos volvió, después de días de espera un wôrläk encontró el templo y quiso arrastrarnos afuera, Unara lo enfrentó, danzó a su alrededor, nunca había visto algo tan hermoso y tan bélico al mismo tiempo, antes de que el círculo se cerrara el hombre había caído. Tomamos la piedra del templo y huimos hacia el sur. Llegamos a estas tierras, levantamos esta casa cantándole a la tierra y al viento. Con la piedra en nuestras manos desarrollamos nuestros poderes. Con el tiempo aprendimos a camuflarnos en el aire, e hicimos varios viajes a nuestras tierras, sólo para encontrarla vacía y arrasada por el fuego. Recorrimos los templos, y rescatamos los restos de piedras sagradas que pudimos encontrar.

Los wôrläk consumieron nuestras tierras, se llevaron los árboles, los animales y hasta el agua, sabíamos que iban a venir hasta acá, así que usamos el gran libro de nuestros antepasados, vos tenés una copia… ese mismo que ahora llevás como peso en tu mochila, cantamos durante siete días y escondimos este lugar en la oscuridad. Ese es un hechizo muy difícil y muy peligroso, pero en ese entonces éramos muy jóvenes para entender las consecuencias que eso traería.

Pero no fue suficiente para Unara, ella quería vengarse, terminar con la guerra, terminar con los wôrläk. Se fue al sur, no en busca de exilio como dice la canción, nuestro exilio llegó hasta acá y en la última gran llanura se encontró con tribus de gente simple y cuya magia residía en su fuerza y en su silencio. Los llevó con ella a la montaña, se erigió a sí misma como una especie de diosa y les contó leyendas como si fueran verdades. Construyó esa gran ciudad, esa ciudad fortificada y les dio de su sangre a los nacidos en los años de la luna y con eso estableció el hechizo que permite a cada individuo nacido de la lluvia tener el legado de mi pueblo.

-¿Qué leyendas?- pregunté.

-Las leyendas de los dos hermanos hijos de la luna que aprendieron a nombrar al mundo, y los hermanos hijos de la tierra que aprendieron a construir, la leyenda de la guerra, la leyenda de ese libro.

-¿Sólo son historias?

-Tampoco puedo decir eso, en cada leyenda siempre hay algo de verdad, es cierto que acá, hace muchos años atrás, existieron pueblos que construyeron torres que tocaban los cielos, nosotros, así como los wôrläk somos los hijos de esa civilización antigua, somos los que sobrevivieron cuando el mundo se congeló, cada uno de los pueblos tomó un espejo diferente en el cual reflejarse. Pero ha pasado tanto tiempo… y los libros que contaban esas verdades ya no existen, desaparecieron…- hizo un silencio que no pude llenar y me quedé mirando el fuego chirrear levemente, absorta en registrar toda la información que me había llovido en esos momentos.

-¿Qué te estaba diciendo?- se rascó la cabeza- ah, sí... también hizo otro hechizo, del mismo modo que nosotras acá ocultamos este lugar, ella quiso ocultar toda la ciudad y las tierras aledañas, y ese escudo fue creciendo a lo largo de los años, mientras la gente dentro de las grandes murallas crecía y el ejército aumentaba. Pero esa magia tiene un costo, uno muy grande.

-Es magia de sangre-susurré.

-Necesita una fuente de energía para sobrevivir, acá, con esto es suficiente- puso en mi mano una piedra pequeña de color verde.

-¿La piedra?- pregunté.

-No la que buscás, esa está allá.

-¿Dónde?

-Ya lo sabés.

-¿En el laberinto?-dije sin pensar.

-Mi hermana la usó para crear el escudo y esconder la ciudad, pero el poder de la piedra, un día ya no fue suficiente, ella quiso dar su propia sangre para mantener el hechizo, pero tampoco fue suficiente y alrededor de ella creció el laberinto.

-¿El laberinto no fue obra de Mevem?

-No directamente, fue una consecuencia del escudo...

-Pero yo leí las palabras, en el centro, las palabras que atrapan a las personas...

-Sí, esas palabras son el hechizo, que fue mutando y creciendo, esas palabras estaban destinadas a atrapar wôrläks, pero se transformaron para atrapar a quienes el laberinto considera débiles. Mi hermana sintió que la magia estaba mutando, que se hacía muy poderosa y tuvo miedo, miedo porque el poder genera poder y entre sus ciudadanos crecía un poder que ya no podía dominar... mi hermana es del agua que forja su propio camino, y siempre quiso e intentó controlarlo todo. Quienes pertenecemos al viento, sabemos, en cambio, que de la volatilidad viene la llama de la vida… en un último intento de controlar el hechizo que pedía sangre, mi hermana desterró a la mayoría a La Gran Llanura, bajo el insulso pretexto de que los hijos del agua no podían convivir con los hijos de la tierra, expulsó incluso a su propio hijo y a sus nietos…

-¿Pero por qué?

- Fue un acto de piedad, para salvar de ese terrible hechizo a quienes pudieran ser víctimas por no tener la magia de su sangre y sangre de la maldición. Y luego ofreció su propia sangre en las puertas de la ciudad para evitar que el sortilegio siguiera creciendo.

-El laberinto atrapa a gente agua…-empecé a decir.

-Sí, pero eso sucedió después, mi hermana en sus últimos días, como te contaba, salió de la frontera de la ciudad, de la que existía en ese entonces, y en la montaña se ofreció a sí misma como escudo, pensó que su sangre bastaría.

-Pero…

-Del miedo que existía en su corazón nació el laberinto, como un excelente escudo, pero también como una gran cárcel que nunca dejó de crecer y reclamar, el laberinto protege a todos los lugares que mi hermana ama, pero los protege desde el miedo, y el miedo se retuerce y te atrapa.

-¿Las guerras del ocaso?

-No son guerras, sino una gran ofrenda.

Me quedé en silencio por un momento, era demasiada información, difícil de comprender completamente.

-Mi hermana hizo un bien al desterrar a su propio hijo y nietos, los cuales tuvieron descendencia fuera de la ciudad, permitió que su sangre genuina, no un simple hechizo, sino que la verdadera estirpe de nuestro pueblo creciera entre las llanuras, y que alguien como vos, mi niña, y tu amiga de los pájaros existieran.

-¿Cómo?- pregunté.

-Lo que quiero decir mi niña, es que tenemos la misma sangre, y tenés los ojos de mi pueblo.

Me quedé sin habla por un momento, sin poder respirar

-¿Cómo lo sabe?

-Con el tiempo pude desarrollar mis propias destrezas, que a diferencia de las habilidades innatas de Unara, afloraron con el largo paso de los años- señaló una de las ventanas, me paré a observar y vi un patio interno con una fuente en el medio.

-Usted es una ocultadora del agua.

Soltó una carcajada que sonaba como el agua

-¡Qué nombre absurdo!- dijo- tengo el arte de ver a través del agua, de ver el presente, el pasado y de vislumbrar más allá inclusive, pero sólo porque el viento me lo cuenta. Más adelante vas a entender que las barreras entre agua, tierra e incluso viento, no son reales, todos somos hijos de la madre tierra y ella es una sola con muchas caras-se quedó en silencio un momento, mientras yo la miraba absorta, con las palabras haciendo espirales entre mis oídos- Además tenés mi collar.

Instintivamente me llevé la mano al cuello y me toqué el collar de piedras, ese que me había dado mi madre antes de empezar nuestro viaje, el viaje que de alguna forma desembocaba en ese día, frente a esa mujer tan anciana.

-¿Su collar?

-Fue un regalo para mi sobrina nieta Bunub, después de su destierro vino a verme y fue cuando se lo ofrecí, entendió lo que era y se negó a recibirlo, y yo le dije que debía quedar en su familia.

-Bunub no tuvo hijos.

-No, pero si Ugu, el collar le fue dado a la hija tierra de Ugu, y ha seguido en la familia por casi dos siglos, hasta llegar a vos mi niña.

-¿Y qué es lo que es?

-¿Cómo?

-Usted dijo que cuando Bunub se dio cuenta de lo que el collar era quiso devolverlo.

-Es un collar de piedra- dijo como si fuera lo más extraño del mundo.

-Eso ya lo sabía.

La anciana soltó una carcajada

-De piedras sagradas. Con algunos restos de las piedras que encontramos en los templos yo me fabriqué ese collar, mi hermana, más ostentosa como de costumbre, se hizo un extenso cetro. Pero ya se nos acaba el tiempo, nos tenemos que apurar, acércate- me ordenó.

Me acerqué, y en el medio de mi collar colocó la pequeña piedra que me había mostrado momentos antes.

-Ya está completo- sonrió- ahora, dame el libro- se lo entregué- este se tiene que quedar acá, va a estar seguro, lo prometo, un amigo mío lo va a cuidar hasta que estés lista.

-¿Quiere que me vaya con la piedra?

-A eso viniste ¿no?

-Sí, pero si me la llevo su escudo va a dejar de funcionar, y los wôrläk van a poder ver la tierra y... y...

-Los wôrläk vienen en camino de todas formas, han sido llamados desde el interior de la ciudad, vienen en busca de un corazón tortuoso, pero no te preocupés mi niña, cuando ellos lleguen yo ya no voy a estar acá, al fin el gran sueño viene para mí.

-¿Cómo sabe eso? ¿Cómo ha podido vivir tanto tiempo?

-Con mi hermana hicimos muchos experimentos que no debíamos, conjuramos hechizos que no comprendíamos en el auge de nuestra juventud. Entre esos, convocamos palabras, guiadas por el amor que nos teníamos, y atamos nuestras vidas a un mismo destino, a un mismo sueño.

-¿Mevem vive?

-El laberinto atrapa a sus víctimas y las hace dormir por la eternidad, ellos no están vivos y tampoco están muertos, mientras mi hermana esté durmiendo en sus fauces yo tengo que seguir, también deambulando como un fantasma de otro tiempo... pero vos ya te tenés que ir, es hora, no falta mucho para que el guardián se dé cuenta de tu verdadero plan, va a extraer las palabras de tus amigos contra su voluntad.

-¿Qué tengo qué hacer? Volver me va a llevar más de dos lunas.

-Tenés que volver al laberinto y buscar la piedra, sólo cuando la tengas vas a poder enfrentar al guardián, pero nunca sola, todavía no estás lista para eso, y no pierdas de vista la gran piedra nunca, tampoco le digas nada a nadie de tu collar, ni de la piedra que acabo de darte. No usés los pies, ni siquiera el aire, buscá el agua para volver.

Inmediatamente comprendí a qué estaba haciendo referencia. Una danza de mi abuela entre sus cabellos plata se me dibujó detrás de los ojos.

-Pero si saco la piedra del laberinto… ¿qué va a pasar con quienes duermen, qué va a pasar con usted?

-Algunos van a despertar… otros no, y yo hace mucho tiempo que quiero dormir el gran sueño, no harías otra cosa que liberarme.

Una lágrima recorrió mi rostro.

-Mi niña, estoy feliz de haberte conocido al fin, después de todos estos años de espera… y de poder ver que en tus ojos sobrevive todavía la fuerza de mi pueblo- me dio un abrazo tan largo, que todavía aún, en los días de mi vejez, cuando silba el viento, lo siento- antes de que te vayas… una cosa más…

Salí de la casa y recorrí el sendero siguiendo a las plantas de mis pies, caminando en trasparencia, caminando como si flotara y el mundo fuera un estrecho sendero y la montaña de costado. Al final se encontraban mis compañeros, pero no podía verlos, las últimas palabras de la anciana caían como bloques desde el aire.

Me vieron llegar y supieron por mis ojos que no podía hablar, me siguieron en silencio, y a pesar de que no eran capaces de ver más allá de mis movimientos, caminaron detrás de mí hasta la laguna, y se quedaron quietos, observándome cuando, en un movimiento lento empecé a bailar, y a realizar giros con mis brazos que se hacían cada vez más amplios, del mismo modo que la superficie de la laguna comenzaba a agitarse. Bailé una danza antigua, una de las danzas de la libélula, que mi abuela me había regalado, y que la gente ya creía una superstición, bailé frente a los ojos fascinados de mis amigos, y cuando terminé los vi asomarse y mirarme desde el agua.

Los sumpall, los guardianes de los ríos y lagos, o la gente de piel azul, son murmurados por los habitantes de La Gran Llanura como una leyenda, un relato que le pide a la naturaleza que el agua no deje de fluir. Pero para mí siempre habían sido reales, y ahí estaban, por segunda vez en mi vida respondiendo a mi danza ante los ojos abiertos de mis amigos.

Los sumpall sólo se manifiestan ante los códigos del cuerpo, la danza y las manos, con mi cuerpo y con mis manos hablé, y les pedí que nos llevaran a través del agua, que nos llevaran de vuelta.

Nos sumergimos ante la mirada todavía llena de temores de mi amiga, y la serenidad asombrosa de Katari, que me tomaba a mí misma por sorpresa y me provocaba cosquillas en la parte baja del ombligo.

Si alguien toma de la mano a un sumpall y se sumerge con su guía, a partir de ese momento posee la capacidad de respirar bajo el agua, al igual que ellos, el don se puede estirar todo el tiempo, hasta el momento en que el sumpall te suelte. Mi mano la tomó una mujer madura, mientras que mis amigos fueron guiados por hermosas mujeres jóvenes de piel turquesa. La gente azul nos condujo a través de las profundidades de los lagos y ríos, y cantaron para nosotros bajo el agua.

Sé lo que deben estar pensando, lo mismo que Calandria me preguntaría más tarde, ¿por qué no pedí la ayuda de los guardianes del agua antes? ¿Por qué no les pedí que nos suplieran agua y peces en aquellos tiempos en que el hambre y la sed nos volvían intrusos de nuestras vidas?

La respuesta es simple, los sumpall no obedecen a las necesidades de los humanos, responden a nosotros sólo cuando la naturaleza exige, y en este caso, la naturaleza se volvía amenazada frente al nombre de los wôrläk.

Nos sumergieron y nos hundieron a grandes profundidades. Pasamos por sus umbrales, atravesamos sus ciudades y restos de viejas civilizaciones, que se herrumbraban a través del recuerdo borroso del agua. Los sumpall usaron su magia, tomaron atajos incomprensibles para nuestros ojos que no estaban hechos para mirar bajo las penumbras de las profundidades. Atravesamos columnas y columnas de distancias, y cuando el agotamiento nos estaba llegando a nuestras extremidades, comenzamos a vislumbrar la luz nuevamente, y las siluetas se fueron aclarando hasta que vimos la superficie y más allá de ella los edificios que ya nos eran familiares. Los sumpall nos habían llevado a la laguna de la ciudad.

trece

Apenas salimos de la laguna, salí corriendo en dirección al laberinto, en busca de la gran habitación. Mis amigos me seguían y cada tanto me hacían alguna pregunta que yo no contestaba, hasta que de pronto Katari tomó mi brazo con fuerza y me sacó de mi círculo de pensamientos.

-¿Qué pasa? ¿A dónde vamos?- me preguntó casi con un tono alto que podía asustar a los pájaros- ¿Qué te dijo la anciana? ¿Dónde está la piedra? Tenés que decirnos algo.

Titubeé y las palabras rebotaron en mi paladar y volvieron a esconderse, mientras recordaba las últimas palabras de la anciana.

-No hay tiempo- le dije- tenés que confiar en mí y en mi corazón- apenas soltaba las palabras, el dolor me arrasaba por dentro- vos no podés venir con nosotras, tenés que ir a buscar a Unu, el tiempo se acaba, Tarat está uniendo todas las piezas, y ha llegado la hora de enfrentarlo.

Los ojos de Katari se oscurecieron, y casi una lágrima me delató, pero dio media vuelta y se fue corriendo a liberar a su hermana.

En cuanto me acerqué a las fauces del laberinto, este se abrió ante mi petición silenciosa y esta vez no me hizo falta utilizar ningún hechizo para moverme en su interior sinuoso, no necesité utilizar mi nombre, ni la petición a la luna en el día, simplemente corría por entre los enormes pasillos con aquella seguridad inmensa que me guiaba desde que había salido de la casa de la anciana, siguiendo el latido de un corazón que siempre había estado ahí, pero que nunca antes lo había escuchado, sino hasta ese momento.

Mientras recorría a través de sus enormes paredes, todo se volvía más claro, la generosidad del laberinto había buscado formas de guiar a los caminantes, de proveerles sustento en el camino, de sortear las trampas y la encarcelación. Eran dos partes de un corazón que aún luchaba.

Llegué a la gran habitación, recité las palabras y la gran rampa se abrió. Calandria que había seguido mis pasos me tomó la mano, y juntas entramos en enorme recinto. Mi amiga quedó totalmente horrorizada ante los miles de caminantes dormidos. Yo, por mi parte, pude ver, por primera vez, que al final del gran salón había escaleras que descendían y nos guiaban a un recinto igual de grande y abarrotado como el primero.

Nuestro horror fue creciendo como una mancha de mal augurio a la medida que descendíamos entre los millares de susurros y respiraciones de sueños. Bajamos diecisiete niveles. En el último, encontramos un solo altar de piedra donde dormía una anciana de largos cabellos blancos. Nos acercamos a ella, y pude ver en su rostro, aún dormida, los sesgos del dolor. Entre sus manos se encontraba el gran cetro hecho de una piedra oscura y brillante que sostenía en su extremo otra roca, suave y verde, al igual que la que colgaba de mi cuello, pero que la triplicaba en tamaño.

Me acerqué un poco más, Calandria se quedó un paso detrás de mí. La calidez había abandonado cada parte de su piel. La observé, mientras mi corazón se contraía, le acaricié el rostro suavemente y le canté la última canción de cuna, aquella que se susurra para que el alma deje de aferrarse al cuerpo. Canté susurrando y la anciana mujer, la leyenda, la iniciadora, la madre de la ciudad, abrió los ojos por un momento, me sonrió y luego su cuerpo se hizo brisa.

Una lágrima surcó mi rostro, tomé el bastón de piedra, que era mucho más liviano de lo que parecía.

Comenzamos a ascender nuevamente, entre cientos de personas que despertaban y miraban a su alrededor sin comprender nada, y otras que simplemente se habían esfumada al igual que Mevem.

Les pedimos a todos que nos siguieran, y Calandria les mostró cómo salir del laberinto, hicieron una cadena humana y así caminaron hacia las afueras de la ciudad, todos juntos como uno. Yo me quedé en la abertura de aquella gran tumba esperando a que los jóvenes que acaban de despertar se hubieran alejado lo suficiente.

Cuando el viento marcó la hora, empecé a cantar y a danzar, hasta que las palabras que estaban en el medio comenzaron a resquebrajarse. Y luego estallaron por completo. Mi pequeña amiga que acaba de llegar se cubrió los ojos ante la explosión y luego se quedó mirando, sorprendida ante mi poder. Acaba de romper un hechizo de sangre, un hechizo de Mevem.

Mi poder había incrementado a pasos agigantados y sabía que las piedras en mi cuello eran la razón. Aunque con el tiempo comprendí que cuando el corazón se agranda y se contrae a causa de amor y dolor, el poder se vuelve más nítido, y crece como un fuego que, si no se tiene cuidado, te consume.

Calandria era incapaz de hablar y ya había hecho demasiado por mí, sin embargo, necesitaba pedirle algo más difícil aún.

-Tarat sabe que estamos acá, la anciana me dijo que él ha llamado a la guerra, es decir a los wôrläk, y no hay forma de convencerlo de que desista, lo único que podemos hacer es danzar con él- le expliqué- Es muy poderoso para que Unu se enfrente en el círculo con él sola… va a necesitar mi ayuda.

-Pero Ara, él es un maestro y vos…-quizás iba a decir que yo era sólo una aprendiz, pero el último tiempo le había demostrado lo contrario.

-Tengo mucho que explicarte, pero el mismo poder que corre en mí, está en tu sangre también y lo que voy a pedirte es demasiado, pero cuando llegue el momento, quiero que me ayudes en la danza.

Calandria palideció, pero en su silencio cedió como el sauce a mi petición. Tomé la piedra que coronaba el cetro y se la di.

-Que nadie la vea, no podemos confiar en nadie más.

No pude decir más porque el suelo bajo nuestros pies comenzó a temblar. Era el laberinto, que sin la magia que lo sostenía se desmoronaba. Comenzamos a correr mientras las enormes paredes a nuestros costados caían desde grandes alturas, y las esquivábamos apenas mientras avanzábamos intentando no ser aplastadas.

Una roca enorme cayó frente nuestro y nos bloqueó el paso, casi al instante doblamos a la izquierda, otro trozo de roca cayó sobre nosotras, pero para el asombro de las dos se convirtió en arena antes de tocarnos.

-¿Vos lo hiciste?-me preguntó Calandria mientras corríamos.

-No sé- contesté mientras que otra piedra enorme se pulverizaba justo en nuestras cabezas.

Seguimos corriendo, y cada tanto la arena llovía sobre nuestras cabezas, y yo, en ese momento donde el corazón parecía correr por mis venas, no podía distinguir si aquel artilugio venía de mí o de alguien más en las penumbras. Pero si algo me ha enseñado el tiempo, es justamente que el poder más instintivo, no se piensa, sale como el impulso mismo de correr o saltar, sale sin permiso para la vida.

Una nube de polvo se levantaba por todos lados, y el ruido atronador de la roca desmoronándose nos perseguía los pasos, tomé a Calandria del brazo y la guie entre la tierra suspendida hasta que sentí que habíamos salido del laberinto moribundo.

Apenas dejamos de correr pude sentirlo, y empujé a Calandria detrás de un aljibe semidestruido por una roca enorme. Le indiqué con los ojos que se quedara en silencio.

Entre la nube de tierra salió Tarat, que con una mano iba dispersando el polvo. En cuanto me vio se quedó estupefacto. Sus ojos pasaban del laberinto que continuaba cayendo, a mi rostro blanco de tierra, como si no lograra relacionar una imagen con la otra.

-¿Cómo…?- pero las palabras no lograban salir de su boca con firmeza.

-¿Cómo destruí el laberinto?-adiviné.

-¿Vos hiciste esto? ¿Cómo…? No es posible, vos sos una…

-Aprendiz de recordadora- terminé- y todavía me queda mucho que aprender.

-¿Cómo lo hiciste?

-Liberé el corazón al laberinto, y después contracanté su hechizo.

-El laberinto tenía un hechizo de sangre...

-Sí.

-¿Lo hiciste con el libro? ¿Dónde está el libro?

-No lo tengo.

-¿Dónde lo dejaste?

-No puedo decirle eso.

-Ara- dijo Tarat cuya coherencia verbal parecía de a poco recuperar- No soy tu enemigo, no ves, esto es justamente lo que quería hacer, eliminar esta monstruosa obra de Mevem, quería liberarnos.

Entre la nube de polvo, que poco a poco empezaba a asentarse nuevamente, podía distinguir distintas figuras que se acercaban hacia nosotros.

-Usted no sabe nada de Mevem.

-¿Y vos si? Cualquier líder que construye una prisión para su propia gente no puede ser llamado así. Esto era una cárcel para nosotros, para nuestro poder. Ahora podemos hacernos fuertes y reclamar nuestro derecho a la vida sobre la destrucción.

-Usted no sabe nada sobre Mevem- repetí- no tiene derecho a decir su nombre. Y la guerra no se elimina con la guerra.

-Ara- volvió a decir, como si el nombre fuera a llevarme a un remanso de calma y de cordura- No tenemos que pelear, el verdadero enemigo viene en camino...

-Sólo porque usted los llamó, usted llamó a los wôrläk...

-Yo no los llamé, escucharon otro canto, pero enfrentarlos es la verdadera libertad, no sólo para nuestro pueblo, sino para el mundo, esa era nuestra misión genuina, antes de que el corazón blando de una anciana nos encerrara- dijo acercándose demasiado- ¿dónde está el libro?- de pronto podía sentir la desesperación que vibraba a través de su voz.

-No lo tengo.

-¿Dónde lo escondiste?

-Yo no lo escondí.

-No quiero danzar con vos, sos demasiado valiosa, y nos vas a hacer falta- con un ademán de su mano y un susurro lento y silbante hizo que toda la tierra suspendida bajara de una sola vez, como si una manta invisible la obligara a volver al suelo, lo cual me permitió poder ver más allá del guardián.

Las sombras se convirtieron en hombres y mujeres que nos observaban sin comprender el ruido de las palabras. Mirando más detalladamente, vi que la mayoría de ellos eran antiguos. Y más allá estaba la plaza circular, aquella hacia la que caminé la primera vez que salí del laberinto. Pero estaba distinta, unas figuras que no habían estado antes resaltaban, cuando pude observar bien, encontré que esas figuras eran mis amigos, Trart, Fueguero, Reger y Noson estaban atados a enormes postes de madera. Y detrás de ellos, en una jaula de hierro, se encontraba Unu.

-Si no me decís donde está, voy a danzar con uno de tus amigos- le hizo una seña a uno de los antiguos, y este se acercó y liberó a Noson, que cayó al suelo, no tenía fuerza suficiente para sostener su cuerpo.

-No, si quiere danzar, dance conmigo.

-No quiero danzar con vos, quiero que me entiendas, necesitamos el libro, lo necesitamos para poder erigirnos como un ejército.

-Ese camino nos lleva únicamente a la destrucción.

Tarat, que iba perdiendo la paciencia, volvió a hacerle una seña a los antiguos, y entre dos trajeron arrastrando a Noson, Trart, desde la plaza, comenzó a luchar para liberarse, mientras el llanto y los gritos invadían el aire.

Mi corazón comenzó a volverse loco, podía sentirlo palpitar en mi cabeza y en el sudor de mis manos. Pero antes de que lograran traer a Noson lo suficientemente cerca, sucedió lo que mi espíritu entero anhelaba. Unu salió de su jaula, y pude ver, por un instante la sombra de Katari moviéndose, había estado esperando a que los dos antiguos que custodiaban la plaza le dieran el mínimo espacio para liberar a Unu del hechizo enjaulado que la aprisionaba. Unu corrió hacia mí y le lancé la vara de Mevem, mientras al mismo tiempo decía las palabras y acompañaba con los brazos el círculo que se dibujaba entre Tarat, Unu y yo.

Una vez que el círculo se dibuja, la danza debe empezar, y ya no hay nada que lo detenga.

Tarat nos miró y realizó el primer movimiento, al que Unu y yo respondimos de inmediato, entre las dos respondíamos y contradanzábamos a cada paso del experto maestro, de nuestros cuerpos se desprendían luces, como si fuera un festival de estrellas, cuando en realidad nuestras almas se batían a duelo. Cuando el círculo se estaba por cerrar, Tarat cayó, sobre sus rodillas, vencido. Le sonreí a Unu, para mí el baile había terminado, sin embargo, mi maestra hizo un último movimiento, y esta vez Tarat se desvaneció por completo y se convirtió en cenizas, mientras el último hilo dorado del círculo alcanzaba su punta y se desvanecía.

La sangre de mi cuerpo se congeló y miré los ojos de mi maestra que por primera vez no me parecían conocidos. Pensé que había amor en su corazón por aquel hombre que acababa de destruir.

-¿Por qué…?- empecé a decir.

-Él no iba a desistir- respondió sin mirarme, observando y acariciando atentamente el cetro de Mevem.

-¿Dónde lo encontraste?-me preguntó- Katari no me dijo nada sobre el cetro, ni siquiera encontraron la famosa piedra ¿Y el libro? Tampoco vi que trajeran de vuelta el libro.

-¿Por qué lo mataste? Ya se había rendido.

-Sin Tarat y con vos al lado mío ya no hay resistencia que se nos oponga. Ya no hay antiguo que se sienta superior.

-¿Resistencia para qué?

-Ara- por primera vez me miraba a los ojos y se daba cuenta del horror que empezaba a recorrerme- tengo mucho que explicarte, esta ciudad se estaba pudriendo por dentro, el laberinto era su primera razón, ahora gracias a vos ya no existe laberinto. Ya no existe nada que nos divida como ciudadanos. Ya no existen ciudadanos originarios, ni nada que nos separe de nuestras familias en La Gran Llanura- me miró con una mirada voraz que antes no había visualizado, siquiera adivinado- podemos establecer un nuevo orden, corregir todo lo que está mal, ser una sola nación.

-¿Vos habías planeado esto?

-Necesitamos hablar las dos solas…

-No, decímelo ahora, acá.

Unu miró hacia a su alrededor, la gente comenzaba a juntarse y miraba con horror a la nueva guardiana de la ciudad, así como a mis amigos que al parecer habían sido desatados por el viento. Instintivamente miré hacia la piedra en la que había estado escondida Calandria y sólo vi polvo removido.

-Sabía todo lo que podías hacer… nadie, nunca antes, había convocado la palabra antigua sin conocerla, sabía, desde que sacaste a Qutuq del laberinto, que eras mi oportunidad para cambiar el rumbo. El anciano lo sabía también, tuvo miedo de que yo me convirtiera en tu maestra, me dijo que tu poder podría convertirse en un peso para mí, en realidad creo que veía algo más, esa era su capacidad, mirar más allá. Nilin se negó rotundamente a que te convirtieras en aprendiz de guardiana, a pesar de lo que el fuego les decía, ella, a diferencia de mí, se sentía amenazada por tu poder. Neguen también estuvo de acuerdo que te convirtieras en recordadora, porque sabía que no había mucho que pudiéramos enseñarte, en cambio, como recordadora, la ciudad te iba a enseñar la verdad, la terrible verdad que ocultaba el laberinto. Y con el tiempo, me mostraste que tu poder era aún más magnífico que lo que sospechábamos- hizo una pausa, suspiró y continuó -Los escritos antiguos hablaban de la piedra y el cetro de Mevem, una pieza con la capacidad de otorgarte un poder increíble. Pasé años investigando el paradero de esa piedra, y todas las pistas llevaban a la montaña, más allá de la frontera de la oscuridad, donde todavía existía una legendaria guardiana.

-El mapa no lo puso Neuguen en el libro- no era una pregunta, era una afirmación.

-Intenté salir por mí misma varias veces- siguió Unu sin prestarme atención- antes de tu llegada, pero el laberinto no me lo permitió, ni una sola vez, como si supiera lo que mi corazón albergaba. Necesitaba alguien que no aspirara al poder, necesitaba a alguien como vos. Esperé hasta el último momento, hasta que Tarat hiciera su movida, y te envié por la piedra.

-¿Por qué?- era una pregunta que iba más allá, que iba por el primer motor, y que Unu comprendió a partir del brillo de mis ojos.

-Odié esta ciudad en cuanto me separaron de mi hermano, pude encontrarlo un año después de que entré a esta ciudad, y lo encontré lastimado y lleno de cicatrices, porque le temían a su poder.

-Pensé…

-Pensaste lo que yo te dije, lo que yo te quise mostrar, necesitaba que te identificaras conmigo, pero eso no es importante, el caso es que el miedo encarcela, el miedo ha destruido esta ciudad, el miedo es la plaga que nos carcome, yo quiero exterminar la plaga. Tarat lo entendía, pero estaba equivocado, es cierto, no podemos enfrentar a la guerra, hay que unirse a ella, resistir una vez que seamos parte del sistema, romperlo desde adentro. Como podés ver, puedo romper los sistemas desde adentro.

-¿Vos los llamaste?- mi voz fue un susurro lastimero, como el llanto del otomoro.

Ella escondió la mirada, como una forma de querer ocultar una vergüenza ajena y sucia.

-No podemos dejar que wôrläk lleguen acá- volví a decirle- no habrá sistema que corromper cuando lleguen.

-Vos no sabés nada de eso, ya tengo el futuro en mis manos, los wôrläk han hablado conmigo, vamos a convertirnos en una parte de un enorme imperio. No van a invadir mientras les otorguemos los suministros que desean. Y cuando estemos listos vamos a quebrarlos. Ves, ese fue el error de Tarat, pensar que estábamos listos. No podemos enfrentarlos, tenemos que aprender de ellos primero… yo los he visto, su maquinaria nos va a destrozar, además de que ellos son millones. No quería matar a Tarat, sé que me quería, sé que su poder era necesario, pero nos iba a guiar a la muerte- me miró profundamente, mientras el silencio de todos los espectadores cortaba el aire- ahora ya lo sabés y te toca elegir, podés elegir seguir siendo mi amiga, mi discípula o podés elegir el exilio, pero necesito que me devuelvas el libro.

-No tengo el libro.

-Vi que entraste a la casa de la anciana con el libro y saliste sin él.

-¿Viste?-pregunté- ¿cómo?

-Hay todo tipo de magia en este mundo, hay magias que todavía no han sido registradas, como la que compartimos mi hermano y yo. Cuando lo deseo, puedo ver lo que sus ojos ven y él puede ver lo que mis ojos ven. Es una conexión que compartimos desde el vientre, un lazo inquebrantable. Vi cada paso que dieron en su camino, estuve con ustedes todo el tiempo, le susurré a mi hermano cada movimiento que percibía de Tarat, desde acá los estuve protegiendo- explicó- y vi que entraste con el libro y saliste sin él.

-Se lo dejé a ella- respondí.

-Entonces vas a tener que volver a buscarlo.

-Ella ya no está.

-¿A dónde se fue?

-A ningún lado- sonreí tristemente- su alma ya debía embarcarse en el gran viaje.

-Pero el libro…

-El libro no está ahí…

-¿Dónde está?

-No sé.

-¿Y la piedra?

-Sólo encontré el cetro.

-Me estás mintiendo- dijo- ¿Dónde lo encontraste?

Guardé silencio y pude ver como la frustración de mi maestra crecía, como una planta llena de espinas en su interior.

-Pensé que lo ibas a entender.

-No es el camino, los wôrläk te mienten, no yo, ellos van a destruir todo, no van a dejar nada.

-¿Entonces el exilio?

-¿Me vas a dejar ir realmente?- pregunté llena de tristeza.

-¿Vas a irte sin intervenir?

Las dos nos quedamos en silencio, mientras las respuestas rodaban frente a nuestros ojos. Inmediatamente ambas nos pusimos en posición de danzar, pero antes de que se dibujara el círculo, Katari se puso de pie junto a su hermana, y el corazón se me llenó de dolor. Los ojos de Katari no tocaban los míos y estaba esperando a que las líneas del baile se dibujaran en el suelo. Unu sonrió satisfecha, no se iba a arriesgar a enfrentarme sola. Quizás podía vencer a Unu por mí misma, pero a ambos, danzando juntos, no. Unu comenzó a dibujar el círculo, pero antes de que se cerrara, Calandria se había parado junto a mí, lista para danzar. Le sonreí en agradecimiento y comenzamos a movernos, increíblemente al unísono, como si fuéramos las dos partes de una misma brisa, o el mismo brazo de una rama que baila frente al temporal, que se estira y se dobla para no quebrarse.

Pero Unu y Katari también respondieron como si fueran uno. Pronto nuestros cuerpos empezaron a brillar, y las palabras a desprenderse, en este baile nos convertíamos en agua y en aire para no derretirnos frente al fuego y la roca que nos enviaban nuestros adversarios. Si hay algo para entender de esta danza, es que nunca se presenta igual, a veces sólo el baile se dibuja sobre el círculo, otras las palabras, y en algunas, como sucedió en esa ocasión, ambas formas junto a todas nuestras fuerzas invadían cada centímetro de nuestro cuerpo que parecía extenderse en la anchura del círculo. Hicimos un movimiento circular que, junto con las palabras, buscaba quebrar la fuerza de los contradanzantes. Unu puso toda su energía blandiendo el cetro, pero este no pudo resistir y se quebró en dos para la sorpresa de todos. Unu cayó de rodillas, a segundos de que el círculo se cerrara, Calandria y yo nos miramos, nuestras emociones parecían conectados, y nuestros ojos entendieron el pensamiento de una y la otra, hicimos un último movimiento, y luego se cerró el círculo.

catorce

La plaza ya estaba desierta y la noche caía. Sólo quedaban los solitarios postes de madera, y todavía cierta bruma en el aire, resultado de las danzas y del escambroso laberinto que todavía seguía crujiendo de vez en cuando, en un sórdido lamento. Había mandado a los ocho guardianes de los caminos a buscar a las personas que habíamos despertado del laberinto, para que los guiaran de nuevo a la ciudad. Había enviado también a distintos mensajeros a La Gran Llanura.

Estaba sentada en medio de la plaza, como mis primeras noches en la gran ciudad. Necesitaba silencio y calma en mi corazón agitado. Aunque no podía evitar que las imágenes de aquel día volvieran como las luces de un relámpago. Trataba de respirar profundo, pero ni todo el aire de la ciudad podía dejar sereno mi corazón.

Después del último baile la gente venía a mí como si fuera la nueva guardiana de la ciudad. Ya no quedaban guardianes, sólo un aprendiz de estirpe antigua que había dado un paso al costado para ofrecerme el cuidado de la ciudad. Y por primera vez en mis cortos años no podía dejar de temblar. Caminé hasta la laguna, y bailé para los sumpall. Dicen que ellos fueron los primeros hombres y mujeres, nacieron en el lago que le dio la vida al mundo y cuando su isla se hundió, quienes decidieron hundirse con ella y con los lugares sagrados porque les debían la vida, se convirtieron, por obra del agua sagrada en la gente azul, o sumpall, como les decían en mis tierras, entre sus tantos nombres.

Una mujer hermosa apareció y salió del agua para sentarse en una roca frente a mí. Esa vez no les hablé con mi cuerpo, sino que dejé que convergiera una lengua muy vieja, que ya no danzaba en este mundo que, sin embargo, salía y fluía de nuestros labios como el aire mismo.

Quería hablarle de mi tristeza y de mi miedo, de mi enorme soledad en ese momento, yo apenas caminaba la juventud, y todos los pilares se habían desvanecido. Había pedido que llamaran a todos los maestros, de todas las partes de la ciudad, en ellos estaba escrito el futuro, pero en la precariedad del momento, todos miraban mis manos y seguían mis labios como única guía, y eso me atemorizaba más que bailar con cientos de wôrläk.

-¿Los han visto ya?- le pregunté en un momento a la mujer del agua.

-Todavía no llegan a la gran oscuridad, que ahora comienza a disiparse- me respondió- pero van a llegar pronto, y van a reclamar todo lo verde de este mundo.

-¿Cómo podemos detenerlos?

-La guerra no se responde con la guerra- me dijo, reutilizando mis propias palabras, que ya comenzaban a sentirse gastadas, y que tampoco daban una respuesta clara.

-¿Cómo entonces?

-Tenés que aprender a escuchar, usar las palabras no significa lo mismo que entenderlas, pero el agua dice que Kaha, Ara de la Llanura puede escuchar.

No me dijo nada más y volvió al agua.

Volví caminando despacio hacia la plaza circular, cuando estaba llegando, vi a Calandria acercándose.

-¿Cómo están?- le pregunté. Le había pedido a Calandria que velara por nuestros amigos, mientras yo mandaba a organizar la reunión que luego sería recordada como el concilio de la luna.

-Están bien- respondió- Noson es quien más flagelo recibió por parte de Tarat, estaba realmente lastimado, pero ya lo están curando, y los demás están cansados, pero bien, tienen un millón de preguntas, nadie entiende muy bien lo que está pasando, quieren saber qué pasó en el camino. Yo también quiero saber qué pasó…

El cansancio era una piedra en mi conciencia, sin embargo, me senté y ella se sentó a mi lado.

-¿Ya guardaste la piedra?

-Está oculta, y las partes del cetro ya están viajando a lugares separados, dos amigos fieles se las llevaron.

Sabía que se las había encomendado a dos halcones peregrinos, que ahora viajaban con su increíble velocidad a esconder dos armas poderosas. En cuanto a la piedra, le había pedido a mi amiga que la ocultara, pero que la mantuviese cerca por si la necesitaba.

-Bien- respondí y suspiré profundamente- a ver, por donde empiezo…

-Por tu encuentro con la anciana.

-Ella me dijo quiénes eran los wôrläk, así también que venían en camino, que habían sido llamados. Los llamaron a la guerra, y ese es su único canto. No se puede pactar con ellos. Me llenó de relatos, relatos que ahora no puedo desenredar todavía, y no puedo transmitírtelos y que sea claro como el agua. Pero fue ella quien me dijo dónde encontrar la gran piedra, por ella entendí que Mevem, desde las profundidades del laberinto seguía combatiéndolo, y por eso debía ser destruido… el laberinto nunca debió existir…

-Pero era nuestro único escudo.

-Ya no iba a funcionar, de todos modos, no funciona cuando el enemigo es llamado desde adentro.

-¿Cómo sabías que yo iba a necesitar la piedra?

Y las palabras de la anciana volvieron a mi cabeza.

-Antes de que te vayas… una cosa más…- había empezado la anciana- no todos los que viajan con vos llevan la honestidad en el corazón, el muchacho, tiene más ojos de los que porta, no podés confiar en él, a pesar de que tu corazón te dice lo contrario…

-¿Katari?

-Tiene el conflicto en su centro, pero hay demasiada voz en su cabeza… la niña de los pájaros, en cambio, confiá en ella. Te esperan dos duelos en la ciudad, a ninguno debés embarcarte sola si buscás mantenerte en pie…

-¿Duelos con quiénes?

-Confiá en la gente del agua, es tan antigua como la tierra y saben del destino, que es sólo un reflejo más que se extiende en sus espejos de agua, ellos van a saber guiarte. Confiá en tu corazón, y a mi hermana, cantale una canción de cuna, y va a ser libre.

-¿Y qué va a pasar con el laberinto?

-Sin mi hermana va a convertirse en una trampa para cualquiera que intente cruzarlo, no va a ser capaz de distinguir entre amigo o enemigo.

-Pero el laberinto es un escudo.

-No, es un reflejo, un amago de intento de control, va a traicionarlos cuando note que el enemigo es más fuerte, tenés que destruirlo, el contracanto está grabado en el mismo centro del laberinto. Todo reflejo tiene su punto débil.

-Escucha a la tierra, Kaha, Ara de la Llanura, ella va a guiarte, casi que este libro no lo vas a necesitar- decía mientras sacaba el libro por la ventana, y un ave de múltiples colores y alas enormes, tan grandes que podía llevarme a cuesta con sus garras y volar sin problemas- este es Jonto, él va a cuidar del libro, y va a esperar a tu amiga en la tercera luna.

El Jonto, es un ave que sólo muy poca gente puede ver, es el ave que cuando va a morir se clava en una roca en lo alto de la montaña, y permitiéndole a la roca, de este modo, germinar una planta única en todo el mundo. La planta se vuelve capullo y al abrirse da vida al Jonto, una vez más. Sólo existe un solo ejemplar, un solo pájaro como ese en todo el mundo y yo había sido capaz de verlo.

-Seguí el ruido de tus pies, como el curso seguro del río- habían sido sus últimas palabras.

Le conté todo eso a Calandria, del mismo modo que las palabras venían a mi memoria, y fui tirando del hilo de la palabra, al igual que lo hago ahora. Mi pequeña amiga se quedó en silencio por un momento, y luego me miró, y me regaló una sonrisa que bailó en mi ánimo cansado.

-¿La niña de los pájaros?- preguntó y yo le sonreí de vuelta, y por momento nos quedamos sólo observando las estrellas- No entendí muy bien lo del contracanto- me dijo después de un rato.

-Yo tampoco lo entendí cuando ella me lo dijo, fue cuando estuve de nuevo en el centro del laberinto, que sus palabras como ecos, se armaron de sentido… todo reflejo tiene su punto débil, el laberinto, de alguna manera, era el espejo de un corazón torturado, y si leés las palabras a través del reflejo de un espejo, se pueden encontrar las palabras para romper el primer canto.

Volvimos a quedarnos en silencio.

-Yo tengo que ir a buscar el libro- no era una pregunta, tampoco una afirmación.

-Cuando se complete la tercera luna- eso nos daba dos meses y medio.

-¿Qué vas a hacer con los prisioneros?

Me encogí de hombros, mirando, casi instintivamente hacia mis espaldas.

-Mañana todos los maestros van a estar acá, ellos van a decidir…

-Pueden acusarte de traición, pueden acusarnos a todos de traición…

-Puede que sí, puede que no, el alba dirá- dije mientras me levantaba con dificultad, como si mis piernas hubieran olvidado la forma de articularse- ya ha sido demasiado por hoy, y ya no tengo más cansancio que ofrecer.

Volvimos caminando lentamente y tomadas de la mano hacia los interiores de la ciudad, a la casa Aurora, con el cansancio arrastrándose en el mismo palpitar. Había sido una travesía demasiado larga, y mi cuerpo había olvidado lo que era una cama suave.

Esa noche dormí y soñé con la sal del mar y el fuego del volcán.

El sol ya se deslizaba en su ascenso por el cielo, y la claridad se esparcía por toda la ciudad, todavía silenciosa. Mi sueño me había despertado demasiado temprano para el cansancio depositado en mi cuerpo. Y ahora, en medio de la luz del nuevo día, me internaba en la oscuridad de la ciudad, caminando entre las celdas que fueron construidas un siglo atrás. Me detuve frente a una en la que un bulto acurrucado parecía dormitar. Me quedé por un momento observándola, hasta que pareció notar mi presencia y se desenroscó para mirarme.

-Ara-dijo Unu, sorprendida de verme ahí. Nos miramos en silencio mucho tiempo, hasta que ella volvió a hablar- ¿Qué querés?

-Necesito que me expliques tu verdad.

-Ya te dije mi verdad.

-Necesito saber si todo lo que me mostraste, si todo el cariño que me diste como maestra fue un engranaje más.

-No necesitás una maestra, nunca necesitaste un maestro.

-Necesito a mi maestra ahora más que nunca- respondí y los ojos se me rebalsaron de lágrimas.

Unu me miró largamente y por fin respondió.

-¿Pensás que no hay dolor también en mí?... no, no fue todo un engranaje, no planeé esto, todo el tiempo pensaba lo mucho que podía enseñarte si las circunstancias hubieran sido diferentes.

-ibas a quebrarme- dije casi en un susurro- como se quiebra un árbol para que desprenda su vida.

Nos quedamos en silencio por un momento, a tal punto que podíamos escuchar el agua condensada caer por las paredes.

-No, no iba a poder quebrarte, nunca quise enfrentarte… Katari tampoco quería… pero…

-¿Pero qué?

-No hay forma de enfrentarlos, los he visto…

-¿Cómo hiciste para hablar con ellos?

-Tarat me había convencido, hace mucho tiempo atrás, de que enfrentar la guerra era la única manera de ser libres, tiempo después, encontramos que los wôrläk eran quienes la encarnaban en este momento. Son también sobrevivientes del mundo después del hielo. Tarat sostenía que vencerlos era la forma de traer equilibrio al mundo, y yo le creí. Robamos el libro antiguo, y encontramos maneras de viajar hacia sus dominios y verlos. Son seres monstruosos, que establecen imperios sobre el mar. Tarat los estudiaba… veía de qué manera podíamos enfrentarlos, y yo…- por primera vez desde que volví a la ciudad vi la humanidad que parecía haber congelado en los ojos de mi maestra- yo me equivoqué, hice algo muy malo…-su voz se hizo más fina y las lágrimas acompañaron sus palabras- un día, decidí que era lo suficientemente fuerte para ir por mis propios medios, levanté una puerta en un árbol y lo atravesé, pero algo salió mal y en vez de aparecer en la distancia, lo hice en medio de su ciudad. Me atraparon y me torturaron hasta que les dije de dónde venía. Me preguntaron de mi mundo, y me pidieron que los trajera hasta acá. Ellos no tienen magia en la sangre, pero tienen formas de anularla, su mundo ha sido forjado sobre el hierro, como si éste fuera una extensión de ellos mismos… No pude librarme, me dejaron ir, a cambio de otra vida, la vida de mi maestro. Me prometieron también que iban a respetar nuestro idioma y nuestra historia, siempre y cuando nosotros pagáramos los tributos necesarios… Cuando volví, le conté todo a Tarat, incluso lo de su vida por la mía, pero él no quiso escucharme, pensó que yo había sido débil, nunca entendió que el poder de nuestro pueblo no sirve frente a ellos… no podemos enfrentarlos… pero ése es el problema, nadie escucha a una aprendiz, o por lo menos hasta ahora- me miró con cierta oscuridad desde sus ojos- nadie me escuchó cuando entré y dije que el laberinto era una trampa, nadie me escuchó cuando sostuve que separarnos estaba mal, y tampoco me escucharon cuando dije que los wôrläk no podían enfrentarse.

-Vos llamaste a los wôrläk…-volví a repetir

-Sí, yo lo hice, él quiso protegerme, hasta el último momento... esa era su debilidad...

-¿Debilidad?

-Todos tenemos poderes, todos tenemos una fuerza interna, una capacidad que nos diferencia del resto, Neuguen, por ejemplo, podía ver lo mejor de una persona, yo por el contrario, puedo ver sus debilidades...-acercó su mano a través de los barrotes de la celda, yo me estiré y toqué sus dedos, inmediatamente sentí que la poca fuerza que me sostenía me abandonaba, hasta que una voz que no sabía si venía de mi cabeza, o de la de Unu, gritó basta, y Unu soltó mi mano- tu energía está en un nivel crítico- dijo, mientras yo me volvía a poner de pie.

-Sentí como si todas mis fuerzas...-dije apenas respirando.

-Como si todas tus fuerzas te abandonaran- asintió con la cabeza- puedo hacer esto desde que tengo memoria, esto, y mi conexión con mi hermano, es mi mayor poder, y nadie me lo enseñó, tampoco lo valoraron, también me tuvieron miedo, pero me creyeron lo suficientemente mediocre para controlarme, a excepción de mi hermano, que lo encadenaron con palabras... cada vez que toco a alguien de esta manera, no sólo logro llevarme su energía, me llevo también, aunque no quiera, sus miedos, sus pesadillas, sus secretos... he visto el corazón de casi todos en este lugar... Nilin era demasiado soberbia, nunca iba a aceptar la verdad, Tarat estaba demasiado cegado, ninguno de ellos nos iba a llevar por el buen camino... he visto el futuro... veo lo que mi hermano ve, y yo intenté cambiarlo, pero no pude.

Me quedé en silencio, mientras algunas lágrimas recorrían mi rostro.

-¿Qué vas a hacer ahora?

-No sé- dije al fin.

-¿Vas a ir a verlo?- negué suavemente con mi cabeza- él quiere verte... quiere explicarte... el miedo que...

-Los maestros ya deben estar llegando- dije como toda respuesta, sabiendo que no le contestaba únicamente a mi maestra.

Los maestros de cada una de las partes de la ciudad habían llegado ya y se encontraban reunidos en el gran salón del templo del sur. Calandria y yo éramos las únicas que no podíamos hacernos llamar maestras o guardianas, y entre las dos intentábamos explicarles lo que había pasado en el último mes.

Los gritos iban y venían desde un lado al otro de la mesa. Y el aturdimiento no nos dejaba pensar.

-Hay que restablecer el laberinto- dijo el maestro Rogor, uno de los principales constructores, y hubo un murmullo de aprobación a través de la sala- es el mejor escudo contra... ¿cómo dijo que se llamaban?

-Wôrläk –respondió Calandria que empezaba a perder su paciencia.

-Es nuestro mejor escudo contra los wôrläk, por eso la gran Mevem lo construyó.

Ahora yo empezaba a perder la paciencia, estábamos repitiendo lo mismo, girando sobre nuestras colas, tal como zorros empedernidos.

-El laberinto no fue una obra consciente de Mevem- volví a decir- fue resultado de su miedo, ella no querría que cometiéramos nuevamente ese error.

-¿Cómo podemos confiar en la palabra de una niña?

-El laberinto debe reconstruirse.

-Esa niña- dijo la maestra Alila, aquella que nos había enseñado a leer- Ha salido de la ciudad, ha logrado ir más allá de la oscuridad y volver, empresa que no muchos de los que están aquí podrían lograr, además por sí sola destruyó el laberinto y despertó a los que dormían bajo sus hechizos. Tiene la capacidad de convocar el lenguaje antiguo sin estudio previo y es nuestra recordadora. Los recordadores son quienes, en tiempos oscuros, deben aconsejar a su pueblo.

El lugar dio espacio al silencio, el cual reinó por un par de segundos.

-No podemos reconstruir el laberinto- dije poniéndome de pie, y diciéndole gracias con los ojos a Alila- reconstruir el laberinto significaría sacrificar a alguien, sólo puede funcionar a partir de magia de sangre, y ese tipo de magia no puede reinar entre nosotros... debemos buscar otra forma de defendernos.

El silencio que se hacía más grande a cada momento se vio interrumpido de pronto y nos sorprendió a todos.

-Ellos tienen razón Ara- dijo una voz inconfundible desde mis espaldas, me di vuelta y vi a Unu, seguida por su hermano, estaban siendo escoltados para ser juzgados frente a los ojos de todos- El viejo laberinto ya no iba a ser de ayuda, porque mi voz es lo que los convoca, y les hubiera permitido atravesar toda frontera, incluso el laberinto- esa parte, a pesar de mi propio dolor, se la había omitido al concilio.

Un murmullo de asombro se levantó por la mesa y poco a poco se fue convirtiendo en expresiones de furia y acusaciones de traición. Unu se dio cuenta en ese momento que acababa de revelar información nueva, me miró sorprendida pero después de un momento siguió hablando con decisión.

-Pero un nuevo laberinto, un nuevo escudo, con otras palabras... quizás... podría servir de escudo...

-No- me negué.

-No hay tiempo Ara, ellos traen toneladas de hierro que envenena nuestra sangre y tiempo es lo que necesitamos, el laberinto...

-Seguiría atrapando a amigos y enemigos por igual...-empecé a decir.

-No si evacuamos la ciudad primero.

El silencio de nuevo, se erizó mi piel a escuchar esas palabras, como si mi cuerpo ya supiera la secuencia...

-Pero nos encerraríamos a nosotros mismos- volví a rebatir- no podríamos abandonar La Gran Llanura. Estás planteando construir una gran cárcel, no un escudo.

-Sí, una cárcel de la que no podemos salir, pero tampoco ellos pueden entrar...

-Volver a reconstruir el laberinto significa volver a convocar un escudo de sangre, significa sacrificar a alguien...

-A lo que estoy dispuesta- todo el mundo la observaba expectante, y mi corazón empezaba a estrujarse- Cometí un error, guiada por mi soberbia, pero soy, después de todo, la guardiana de esta ciudad, y es mi deber protegerla, protegerlos a todos ustedes, ese destino está en mi nombre y voy a aceptarlo- suspiró y su mirada volvió a caer en mí- Ara tiene razón, no podemos enfrentarlos, no podemos combatir la guerra con la guerra... ellos van a destrozarnos, yo pensaba que un trato era lo único que nos podía sostener, pero ellos son el hambre que nunca termina.

-Tampoco podemos quedarnos de brazos cruzados, tenemos que defendernos-dijo una mujer, guardiana del agua.

Finalmente, aquellas palabras cobraron sentido para mí...

-No podemos eliminar la guerra con la guerra, lo que quiere decir, que no podemos enfrentarlos en un campo de batalla, los wôrläk son gente que vive para la batalla, la guerra es su lenguaje, no el nuestro, si vamos a enfrentarlos no puede ser usando su lenguaje, somos nosotros quienes debemos establecer las reglas.

-Necesitamos más tiempo para encontrar sus debilidades- dijo Alila nuevamente.

-El laberinto nos va a dar ese tiempo que necesitamos- dijo Unu.

-No- volvimos a repetir la voz de Calandria y la mía, pero ya habíamos vuelto a ser dos niñas, dos intrusas en el concilio de maestros.

La larga procesión hacia La Gran Llanura había comenzado. Todos los ciudadanos habían tomado lo indispensable y seguían el sendero a través de la montaña, la ciudad, sin su gente, empezaba a agigantarse y a sentirse, a cada momento, más vieja y más lejana.

El concilio se había extendido por toda una noche, donde los maestros habían decidido, finalmente, reconstruir un nuevo laberinto que nos dejaría encerrados en estas tierras, pero nos protegería, como un escudo. Mi cansancio se escribía en todo mi rostro, días después del concilio todavía me recorrían en el cuerpo los ruegos para que el laberinto no fuese levantado nuevamente. Pero la intervención de mi maestra había sido tan rotunda que había aplacado cada una de mis súplicas.

También se había decidido que la gente de la ciudad, junto a los pobladores de La Gran Llanura, iban a construir una nueva ciudad, una ciudad que nos uniera a la gente del agua y de la tierra en un solo pueblo. Una ciudad que debía estar oculta, no sólo mediante magia, debíamos ocultarnos utilizando las líneas y geografía de la tierra. Los maestros constructores, junto con sus aprendices, entre ellos Dred y Trart, habían sido los primeros en abandonar la ciudad.

Los mensajeros habían estado yendo y viniendo todo este tiempo, desconcertando a las personas simples de la llanura y obligándolos a usar las palabras y comunicarse bajo la luz de la luna. La gente de la tierra tenía miedo y no lo ocultaban, como tampoco ocultaban su reticencia a unir las dos partes de un pueblo que a lo largo de los tiempos se habían separado como dos brazos de un mismo río. Sin embargo, nos aceptaron y nos abrieron las puertas de sus hogares, como lo hace un hermano al otro después de un largo viaje.

Noson, Fueguero y Reger, todavía estaban en la ciudad, ayudando con la gran evacuación. Perecía como si cada uno de nosotros hubiera acelerado el proceso de aprendizaje de nuestros oficios. Noson y Reger, con un poco de mi ayuda y de Katari (quien había sido finalmente liberado y perdonado por los maestros), habían sellado cada uno de los templos, y los habían dejado ocultos bajo tierra. No podíamos llevarnos todo el conocimiento que los templos resguardaban, por eso debíamos protegerlos frente al hambre voraz del fuego.

Yo había recolectado los libros de los últimos recordadores, muchos de ellos ya iban en camino hacia su nuevo hogar, unos pocos viajarían conmigo.

Fueguero, por su parte, había recorrido cada uno de los caminos que unían a la ciudad con La Gran Llanura, y había ido borrando sus líneas, le había susurrado a la montaña y la montaña había destruido cada uno de esos senderos.

Después de una luna completa la ciudad estaba desolada, y sólo un camino se erigía hacia la llanura.

Ya era tiempo, teníamos que seguir nuestros pasos hacia el nuevo futuro. La tristeza y la esperanza nos guiaban a cada uno de nosotros. Calandria había llamado de nuevo a sus halcones, quienes traían de vuelta el gran cetro de piedra. Con mi amiga de los pájaros, habíamos decidido que la piedra debía permanecer en el umbral de la oscuridad para el resto. El poder del cetro iba a ser suficiente para erigir el nuevo laberinto, con una sola función.

Los halcones llegaron y nos entregaron las piedras, y nosotras las depositamos en las manos de Unu.

-No tenés que hacer esto- dije por centésima vez en ese tiempo, pero ya con la voz cansada y con las intenciones arrastrándose.

-Está en mi nombre- volvió a repetirme ella- el anciano maestro me lo dijo muchas veces, ahora recién lo entiendo, y por eso, ahora tengo esperanzas Ara, todos mis errores anteriores fueron a causa de la falta de ella... si mirás el espejo en busca de la oscuridad, oscuridad es todo lo que el espejo te va a dar. Ahora, en cambio, cuando el agua refleja el porvenir, refleja también la posibilidad de la luz.

-Yo también me quedo- dijo Katari, Unu se volvió a él.

El muchacho había buscado mis palabras todo ese tiempo, pero mi corazón lo había evitado y salteado, como el río a una enorme piedra que le impide el paso. Y sus ojos se habían vuelto como un mar lejano que susurra nombres que son imposibles de reconocer.

-No, el quedarme acá está en mi nombre, no en el tuyo hermano- respondió- Siempre pensé que nuestra conexión era algo hermoso, un regalo, pero sé que por eso te he arrastrado más allá de tu propia luz. Es hora de que levantes un camino que no esté atado al mío- Ambos se abrazaron, y el dolor se respiró en el aire.

Luego yo abracé a mi maestra y me llené de lágrimas. El perdón había sido el manto que nos había unido finalmente. Y ambas nos abrigábamos en ese nuevo calor.

-Voy a volver por vos- le prometí. Unu me sonrió, pero su sonrisa no llegó a sus ojos, y su pensamiento se retrajo a otro lado, inalcanzable.

-Ara... ya no puedo ser tu maestra... pero si guía es lo que buscás... el anciano escribió algo para vos, algo en una lengua que no pude entender... él puede ser tu camino ahora- me entregó un pequeño libro de hojas extrañamente azules.

Quise alargar lo más que pude mi partida, pero los últimos maestros habían salido ya y nos reclamaban a través del viento que nos apuráramos y saliéramos de la ciudad. Había pasado los últimos tres días recorriendo los rincones más pequeños, intentando dibujar cada segmento en mi memoria. Una tarde Fueguero salió a mi paso y me miró con un poco de tristeza en los ojos.

-Me queda un solo camino que borrar Yal.

Asentí con la cabeza. Pero no era capaz de moverme.

-¿Te acordás cuando veníamos hacia acá?- le pregunté, sonrió y asintió con la cabeza- ¿Te acordás cuando no podíamos llegar a imaginar las cosas increíbles que íbamos a encontrar?- me miró y volvió a asentir, esta vez sin sonrisa- ¿Qué pasó con nosotros?

-Nos alcanzó la guerra, al igual que a todos, y la guerra castiga a los que no crecen.

Pasó un brazo por mis hombros y caminamos así hasta la casa Aurora a preparar nuestro viaje.

Había pasado mucho más de un año cuando caminé por ese sendero hacia la ciudad. Ahora, Reger, Noson, Fueguero, Calandria, Katari y yo, lo volvíamos hacer, y caminábamos como si no fuéramos a volver a ver la ciudad de los cien mitos. Al poco andar escuchamos el estrépito del agua golpeando con la roca.

-He liberado al río- explicó Katari, le había dado a la laguna el poder de expandirse y romper las murallas que la sostenían, ahora se esparcía por toda la ciudad.

Al tercer día, un nuevo estrépito nos hizo voltear hacia nuestras espaldas. Pudimos ver como murallas interminables se levantaban en la montaña y se perdían en el horizonte. Estaba hecho, el laberinto, con palabras más salvajes y despiadadas en su interior, respiraba de nuevo. El dolor nos embargó a todos, ya que nuestra última guardiana se había convertido en el último corazón latiente del laberinto.

Después de una semana y un día nos detuvimos a observar la ciudad por última vez, en el mismo lugar donde aún permanecía la roca que había endurecido en mi caída al acantilado. La ciudad se veía atrapada como en un espejo, reflejada mil y una veces en el agua de la laguna que recorría plácidamente cada lugar que había recorrido.

Calandria me tocó el brazo. Era hora de otra despedida. Me di vuelta y nos unimos en un abrazo. Ella tenía que seguir otro camino, por la montaña hacia el norte. Debía caminar hasta encontrarse con el pájaro de las muchas vidas. Nos dijimos con los ojos que nos separaríamos por poco tiempo, pero el dolor se sentía de todas formas. Y cada una siguió un camino diferente. Me apenaba mucho que el camino de Calandria, quien iba a conocerse luego como la voz de los pájaros, debía seguirse en solitario. Pero esa no iba a ser la última vez que una de las dos emprendía un viaje con la compañía del viento o los pájaros solamente.

A pesar del dolor, que se arrastraba entre las suelas de nuestras sandalias, continuamos nuestro camino. Nuestros pies nos llevaron hasta la cima más alta. Desde la altura vimos desplegarse La Gran Llanura, suave como el calor de una siesta en primavera. Comenzamos a descender, ahora con la alegría sosteniéndose en nuestros pechos. Sabíamos que más allá de la montaña las bases de un nuevo pueblo se estaban erigiendo, y junto con este, una esperanza.

§

Ha pasado toda una luna ya, y el tejido de esta historia debe reposar, debe esperar a que pueda urdir nuevos hilos y juntarlos en otras tramas crudas.

Ahora el viento me trae voces de otras tierras, voces que vienen hacia acá, a mi solitario páramo, a romper mi tranquilo aislamiento. La montaña también está tomando matices más oscuros, de tiempos que juegan a la rueda y vuelven a girar del otro lado del sol.

Quizás otro día les cuente de cuando me convertí en Ara de la llanura y volví a ser Kaha, quizás les cuente del pueblo único, quizás… cuando la luna vuelva a empezar, o cuando el viento me traiga por fin la sentencia.

Por ahora puedo decirles que así transcurrieron mis días en la ciudad de Horizonte Blanco. Ahora de esa gran ciudad sólo quedan reliquias y las memorias de esta anciana, memorias que ahora también son suyas para que guarden las palabras y las vuelvan magia antigua.

§

Agradecimientos

Agradezco a mi familia y a mis abuelos por creer en mí, en mis sueños y en la magia de mi imaginación, todo este tiempo. Agradezco a mi pareja por haberme acompañado y apoyado en este recorrido. Por último, les doy las gracias a mis amigas Alfia, Gali, Brenda y Sofi, quienes fueron mis primeras lectoras, mis primeras críticas y correctoras.

Esta novela terminó de escribirse en febrero de 2018.